新イラスト版

コロボックル物語③

星からおちた小さな人

佐藤さとる・作

村上勉・絵

はじめに

どんな国にも歴史《れきし》がある。古い国であればもちろん古く長い歴史《れきし》があるし、新しい国には新しい歴史《れきし》がある。コロボックルたちのつくった世界一小さい国にも、小さい歴史《れきし》があるのだ。

その小さなコロボックルの国の小さな歴史《れきし》の中から、コロボックルにとって、思いがけない大きな影響《えいきょう》をうけた一つの事件《じけん》を、これからくわしく書いてみたい。この事件《じけん》のことを、コロボックルたちは「ミツバチ事件《じけん》」とよんでいるようである。

「ミツバチ事件《じけん》」とは、どんな事件《じけん》だったか、まず本文を読んでもらいたい。

佐藤さとる

もくじ

第一章　空とぶ機械《きかい》……15
第二章　この世にただひとりとなるべし……64
第三章　臨時《りんじ》マメイヌ隊員《たいいん》……111
第四章　あまがえる作戦《さくせん》……161
第五章　夕焼《ゆうや》け雲《ぐも》……210
昭和五十九年のあとがき……240

佐《さ》藤《とう》さとる

１９２８年、神奈川県生まれ。『だれも知らない小さな国』で毎日出版文化賞・国際アンデルセン賞国内賞などを、『おばあさんのひこうき』で児童福祉文化賞・野間児童文芸賞を受賞。日本のファンタジー作家の第一人者として知られる。

村《むら》上《かみ》 勉《つとむ》

１９４３年、兵庫県生まれ。「コロボックル物語」シリーズのほか、挿絵、絵本、装丁など幅広く活動。『おばあさんのひこうき』（佐藤さとる）で小学館絵画賞受賞。『だれもが知ってる小さな国』（有川浩）のイラストも手がける。

〈質問〉
コロボックルって
なんのこと。

★答えを知ってる人でも読んでごらん★

サクラノヒコ

クルミノヒコ

〔答え〕

そもそも、〃コロボックル〃というのはアイヌ語で、ふきの葉の下の人、という意味があるのだそうだ。つまり、日本の小人のことだね。〃コロボックル〃〃コロポックンクル〃などともいうらしいよ。

なんだ、アイヌ語か、なんていってはいけません。アイヌ語は、大むかしから、たくさん日本語にはいっていることばで、ぼくたちは、知らずにずいぶん使っているのだから。

それはともかく、むかしのコロボックルというのは、一まいのふきの葉の下に、数百人もかくれていたことがあるそうだ。数百人とは、またずいぶんおおげさだと思うかもしれないが、いまでも北海道や秋田県のふきは、かさのかわりになるほど大きいんだとさ。

もちろん、そんな小人は、むかし話の中だけに住んでいるものと、だれもが考えるにちがいない。ぼくだって、やっぱりそう考えていた。

ところが、そのむかし話の中にしかいないはずの小人の子孫《しそん》(?)が、なんと現代《げんだい》の日本に、ちゃんと生きのびているのを発見した人がいる。それも、ついこのあいだのことだ、といったら、わらいだす人もいるかもしれない。わらっても

かまわないが、事実は事実だからしかたがない。

ところで、その人は学者でもなんでもない、ただの電気技師《でんきぎし》で、小人たちから〃せいたかさん〃とよばれている男の人だ。ほんとうの名まえを——いや、名まえをいうのは、その人からとめられていたっけ。とにかく、その〃せいたかさん〃が、まるで、虫のようなちっぽけな小人を見つけ、その小人たちと友だちになってしまったというのだから、なんともすごい話じゃないか。もっとも、〃せいたかさん〃にいわせると、見つけたのは自分でなくて、小人のほうだという。小人が〃せいたかさん〃を見つけたことになるんだそうだ。わざわざ小さい姿《すがた》をあらわして、むこうから友だちにしてくれたというんだけどね。

そして、なぜ小人たちが、いまごろになってそんなことをしたかといえば、先《せん》祖《ぞ》代々《だいだい》自分たちが住みなれてきた小山を、人間からまもるためには、だれか話のわかる人間を、つまりひみつをまもれる人を、どうしても味方にしたかったからだという。〃せいたかさん〃は、そうやって小人たちからえらばれた、はじめての人間だった。

そうはいっても、このへんの話は、ちょっとやそっとでは信《しん》じられないかもしれない。むりもないとは思うが、これはほんとうの話だ。もし、もっとくわしく知りたければ、『だれも知らない小さな国』という本で、せいたかさんの口から

くわしく話してもらってあるから、そっちをぜひとも読んでくれたまえ。

ところで、そのせいたかさんは、小人たちを知ったとき、ははあ、もしかすると、こりゃ、大むかし北海道にいたというコロボックルの子孫《しそん》じゃないかな、と思いあたったそうだ。そこで、小人たちにきいてみた。

「いや、わしらのご先祖《せんぞ》はスクナヒコさまですよ」

という答えだったらしい。スクナヒコさまというのは、スクナヒコナノミコトという、日本の神話にでてくる小さな神さまのことだろう、きっと。だから、せいたかさんは、いろいろ調べたあげく、こう考えた。

――スクナヒコナノミコトと、むかしのコロボックルは、どうやら同じ小人の一族らしい。つまり、同じ小人を見たのに、アイヌ人はコロボックルといい、日本人はスクナヒコナノミコトといったにちがいない――ってね。

その証拠《しょうこ》も、せいたかさんはずいぶん集めたようだったが、まあ、そんなことから、せいたかさんは、自分の見つけた――いや、自分を見つけてくれた、この小人たちを、しゃれて、コロボックルとよぶようになった。それが、小人たちもすっかり気にいってしまって、自分たちどうしでも、コロボックルといいあうようになってしまった。

しばらくして、小人たちが自分たちの国をつくったときも、その国の名まえを

スギノヒコ

エノキノヒコ

「コロボックル小国」――正式には「矢じるしの先っぽの国、コロボックル小国」――とつけたくらいだから、よほど気にいったんだろう。

さて、そのあと、このめずらしい日本の小人族、コロボックルを見つけた――つまりコロボックルに見つけられた人間が、もうひとりいた。小がらな女の人だった。そのころは幼稚園《ようちえん》の先生をしていたので、小人たちから〝おちび先生〟とよばれていた人だ。その人は、やがてせいたかさんのおくさんになって、子どもも生まれたから、いまでは〝ママ先生〟とよばれている。

ママ先生とせいたかさんの助けもあって、古くさいくらし方をすっかりかえたい、と考えていた小人たちは、ぐんぐん進歩していった。いいわすれたけれど、コロボックルたちは、人間の数倍の速さで動くことができる。ぼくたちには目にもとまらない速さだ。したがって、しゃべるのも（もちろん日本語）すごい早口だし、頭の回転もすばらしい。いいかえれば、すごくりこうなんだ。もっとも、りこうじゃなかったら、とっくのむかしにほろびてしまっただろうがね。

コロボックルの国には、学校もできたし、役所もできたし、とうとう新聞まで発行するようになった。ついでにいうと、この新聞は、「コロボックル通信《つうしん》」という世界一小さな新聞で、切手ぐらいの大きさしかない。たしかその創刊号《そうかんごう》には、もう死にたえてしまったと思われていた、マメイヌという小さないぬをつか

マメイヌ隊員《たいいん》

まえた記事がのっていたっけ。

ここらあたりの話は、『豆つぶほどの小さないぬ』という本で、「コロボックル通信《つうしん》」の編集長《へんしゅうちょう》になったコロボックルから、くわしく話してもらった。よかったら、それも読んでくれるといい。

そしてそのあと、コロボックルたちがどんなことをしたか、どんなふうに自分たちの国をつくっていったか、人間たちとは、どのようにつきあうようになったか、などが、これからの話だ。

つまり、コロボックルっていうのは、古くさいむかし話の中にとじこもっているようなやつらではなく、ほんとにいま生きていて、ぼくやきみたちのあいだを目のくらむような速さでとびまわり、ものすごい早口で日本語をしゃべりまくる、すばらしい日本の小人たちのことだ。残念《ざんねん》ながら、ぼくたちの前には、めったに立ちどまってくれないんだが。

「でも、小人なんて、まるで子どもだましみたい」

そんなことをいう人も、もしかしたらいるかもしれないね。どうせやせがまんだろうけど。しかし、まあ、とにかくこの本を読んでくれたまえ。

星からおちた小さな人

第一章

空とぶ機械《きかい》

1

だれかが、高い空の上から町を見おろしていた。

――ほら、真下に見えるのがこの町の駅だ。山からトンネルをくぐってきた電車の線路と、海ぞいに走っているバス道路とが、ななめにぶつかっているところがそうだ。駅前にはちょっぴり広場があるし、広場の先はもう海で、そこは町の海岸公園になっている。

このあたりは海べまで丘《おか》がせまっているので、バス道路ときたら、まるで海岸にしがみついているようだ。おかげで、その両がわにならんだ町なみも、空から見ると、ほんのうすっぺらなものに見える。なにしろ、右がわには丘《おか》をけずった高いがけがあるし、左がわには海があるのだから。

ここだけながめたのでは、せまくてきゅうくつな町に見える。でも町はここだけじゃない。こ

の駅の真上にくると、この町は、一目《ひとめ》でぜんぶ見わたせるのだ。ふりかえって、丘《おか》のかげにある町のふところ――いくつもある谷あい――をのぞいてごらん。色とりどりの家の屋根でうずまっている。そこには、にぎやかな通りがあって、郵便局《ゆうびんきょく》も学校もある。あっちに見える小学校なんか、日あたりのよさそうな谷間のおくに、運動場ごとぽっこりおさまっているんだ。

丘《おか》の斜面《しゃめん》も、南がわはてっぺんまで、ひなだんのようにきざまれていて、あぶなっかしく家がのっている。中には、四階だての白いアパートまでのっているところがある。高いところから見ると、まるでつみ木の町だ。

こんどは、駅前からバス道路にそって、ずっと目をうつしていってみようか。図書館と公会堂《こうかいどう》のあいだをとおって、道が二つにわかれていくのがよくわかる。ロータリーをまわって右へ長い坂をのぼっていくのは、やがてトンネルに消えている。これは町のうらがわへいく道。まっすぐ岬《みさき》のほうへいくのは、入《い》り江《え》のかげにある港へでる道だ。

海はいつだってすばらしい。高いところから見おろせばなおすばらしい。港にとまっているのは、湾《わん》の向こうがわへでるきれいなフェリーボートだ。青い海に白い波をひいてランチ（汽艇《きてい》）が走りまわっている。あいつは、いつだって走っているんだから。

その先には、小さいながら造船《ぞうせん》工場やかんづめ工場もあるし、この町は見かけほど小さい町じゃない。むやみに大きくもないけれど。

「たしかに大きい町だ。でも、やっぱりきゅうくつな町だ」

だれかが、そんなことをつぶやいた、その高い空の上で。すごい早口、もちろんかもめじゃない。かもめもとんでいるが、鳥が口をきくわけがない。

そこは――〝そこ〟というのは、つまり、潮《しお》のにおいのする春風が、海からゆっくりふいている、かなり大きくてやっぱりきゅうくつな港町の、駅の真上のおよそ百二十メートルの高さの空中だ。

そんなところになにがいるんだろう。飛行機《ひこうき》もヘリコプターもとんでいない。ところが、虫が一ぴきとんでいた。かなり大きな虫だ。はちぐらい――そんなもんだ。しかし町の人には見えないだろう。下からさがすのはとてもむりだ。

その虫は、ちょっとかわったとびかたをしていた。つんつんとまっすぐあがって、ふらふらとまいおりてくる。またつんつんとあがって、ふらふらふら。海からふく風に流されて、だんだん丘《おか》に近づく。すると、あわてたように、また駅の上までもどってくる。そのときの速さは電光のようだ。どうやら、そこから見おろす町のながめが、よほど気にいったようだ。

「ちょっと寒いな。まだ風が冷《つめ》たい」

虫がしゃべった。やっぱり、この虫だった。だが、虫がおしゃべりをするはずはない。かもめでさえできないんだから。とすれば、ただの虫ではない。そう、ほんとうは虫なんかではないんだ。きみょうなとぶ機械《きかい》をせなかにくくりつけたコロボックルだった。風に背《せ》を向けようとして、虫は、いやコロボックルは、くるんと宙返《ちゅうがえ》りをした。したくてやったのではないらしい。いそいで足をけって、また、まっすぐになった。とぶ機械《きかい》は足で動かすようだ。

「うへえ、おどろいた。うっかりすると、こんなことになる」

そういったが、もちろん、またすごい早口だ。ふつうの人がきいたら、「ルルルルル」といっているようにしかきこえない。ふしぎによくとおる声だが。どうやらわかい男のコロボックルだった。まだ少年のようだった。ぴっちりした、頭巾《ずきん》と上着とズボンが、みんなつながった、青いぬいぐるみのような服を着て、足には白い長ぐつ、手には白い手ぶくろをしている。服は、あまがえるの皮でつくったものだ。くつや手ぶくろは、魚のうきぶくろでつくったものだろう。半分すきとおっている。

2

このコロボックルは、こんなところでなにをしていると思う？

じつは——せなかにつけている新式〝空とぶ機械《きかい》〟の試験飛行《しけんひこう》をしていたのだった。

その機械《きかい》の説明《せつめい》をする前に、ちょっといっておきたいことがある。

コロボックルの国は、この数年のあいだにめざましくかわりはじめている。

小人たちは人間の世界から、いくつか、とても重要《じゅうよう》なことを学んだ。たとえば、学校とか、国をおさめるしくみとか、新聞の作りかたとか。そのほか、科学も学んだ。なかでも電気のことはとくにくわしい。これは、コロボックルにいろいろなことを教えた人間が、つまり〝せいたかさん〟が、電気技師《でんきぎし》だったためだ。いまでは一種《いっしゅ》のラジオもつくるし、テレビだって、もしつくろうと思えばつくれるだろう。

だが、コロボックルが、人間の知っていることをすべて知りたがったか、といえばまちがいだ。この二十世紀《せいき》の奇跡《きせき》であるコロボックルには、それなりに自分たちだけしかもっていない感じかたや能力《のうりょく》があって、自分の知りたいことも、それにあわせてえらぶからだ。つまり人間と

コロボックルとの考えは、よく似《に》ているようで、じつはかなりちがうところがある。さっき話にでたラジオのこともそうだった。

〝一種《いっしゅ》のラジオ〟といったが、コロボックルは、あきれるほどかんたんなしかけで電波を受信《じゅしん》できる（送信《そうしん》はむずかしいが）。どうも、コロボックルのからだが、そのまま、トランジスタのような役日をするらしく、コロボックルたちは、アンテナと、ちょっとした

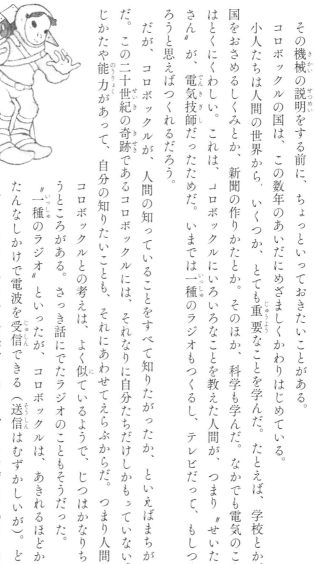

部品だけで、頭の中に感じとることができた。

このことは、〝せいたかさん〟といっしょに研究しているうちに見つけたことだが、いかにもふしぎで、理由はよくわかっていない。

ラジオというより、テレパシー（精神感応《せいしんかんのう》）に近いといえるかもしれない。どっちにしても、それがわかったコロボックルは、めんどうな人間用ラジオなど、もうわざわざつくろうとしないし、その必要《ひつよう》もないというわけだ。

こんなにはっきりしたことでなくても、よく似《に》たことはまだいくらもある。その一つは、コロボックルが乗り物をほしがらないことだ。人間のように歩くことをいやがらないし、自動車にまけないほど速く走ることもできるから、自動車もオートバイも電車もほしがらない。水の上をわたりたければ、木の葉でも豆のさやでも、そのまま使えるから、船はいらない。大きな海がわたりたければ、人間の船にもぐりこんでいけるし。

だからといって、コロボックルが科学に弱い、などと考えてもらってはこまる。むしろ、その反対なのだから。

コロボックル小国のある小山には、おそらく数百年もかかってつくられたと思われるりっぱな地下の町があるが、ここの空気の入れかえ装置《そうち》は、もともと科学的《かがくてき》にもすぐれたものだった。おまけにこの装置《そうち》には、しばらく前から小型《こがた》の蒸気機関《じょうききかん》が使われだしている。

　また、新聞――コロボックル通信《つうしん》――のりっぱな印刷機械《いんさつきかい》には、もう二年前から電動機《でんどうき》が使われている。それどころか、せいたかさんと共同《きょうどう》で、放送局をつくる計画さえある。もちろん、さきほどのテレパシー＝ラジオ用のものだ。

　ただし、こんなふうに、機械《きかい》を使ったり、科学を利用《りよう》しようとするときでも、コロボックルときたら、なるべく人目につかないように、なるべく音がしないように、とばかり考える。ここが、人間と大きくちがうところで、〝せいたかさん〟としては、いろいろ気をつかうことになる。

「つまりコロボックルは、人間のことをいつも気にかけているんだよ。そういうくせがついているのだ」

　せいたかさんなら、きっとこういって説明《せつめい》してくれるだろう。

「コロボックルだって、人間をおそれているわけじゃない。人間とかかわりあいになるのがいやなだけさ。このことは、ちょっと立場をかえてみるとよくわかるはずだ。というのは、われわれ人間も、もし背《せ》の高さが八十メートルもあるような『大きな人』たちのあいだで、ひっそりとくらしているとしよう。そうしたら、その巨人《きょじん》がどんなにやさしくて、のろまな――われわれから見て――生き物だったとしても、みんな気にしないですましていられるかね。おそらく、コロボックルほど勇気《ゆうき》をもって生きていける人は少ないと思うね」

そういったわけで、コロボックルが、人間の世界をそのままそっくり、うのみにしてきたのではないことはわかると思う。

ところが、そんなコロボックルにも、人間とまったく同じ大きな夢《ゆめ》があった。空をとびたいという願《ねが》いだ。

それは、大むかしから人間が鳥を見て空をとぶことを夢《ゆめ》みたように、コロボックルたちは虫を見て、あんなふうに自由自在《じゆうじざい》に空をとんでみたいものだと、もう長い長いあいだ考えつづけてきたのだった——。

*

3

空にまいあがって、風にのってとぶことは、ちょうど人間が水をおよぐことを教わるように、たいていのコロボックルが習う。いかにもコロボックルの考えそうなことだと思うが、これだって、おもに高いところから安全にとびおりるための訓練《くんれん》で、空をとんですきなところへいくためではない。

強い風がふくときで、しかも風向きがよければ、うまく利用《りよう》して遠くへとぶこともある。でも、そんなことはめったにない。空中にいるあいだは、どんなにコロボックルがすばしこくても、からだは自由にならないし、風が強ければ強いほどあぶないからだ。

――風があってもなくても、くまんばちやこがねむしのように、すきなところへすきなときにとんでいけるようになったら、いいなあ――。

どのコロボックルでも一度はそんなことを思ったにちがいない。でも、思っただけで、人間のようにあれこれくふうしてみるものはいなかった――つい数年前までは。

人間が、一足先にその夢《ゆめ》をみごとにかなえてしまったことは、コロボックルたちも、かなり前から感づいていたし、せいたかさんという、よい味方をつかまえたあと、その人間の飛行術《ひこうじゅつ》についてはくわしく説明《せつめい》してもらった。そして〝乗り物ぎらい〟のコロボックルが、はじめて〝乗り物〟をつくってみたいと思った。空をとぶ、すばらしい〝乗り物〟を。

せいたかさんに教わった飛行機《ひこうき》をくわしく調べ、地下にあるコロボックルの工場で、それをそっくり小さくつくってみようとした。しかも、できるだけ人間の目につかないように、型《かた》も小さく、音も小さく。それが三年ほど前のことだ。

これでたいへんな苦心をかさねたが、とうとうだめだった。かんじんのエンジンがむずかしくてできないのだ。小さくすればするほど力がなくなるばかりか、うまく動かなくなってしまった。

これは、けっしてコロボックルのうでがわるかったのではない。もともとエンジンなどは、人間が自分たちにとって使いやすいように考えだしたものだから、どんなにじょうずに小さくしたって、そのままではうまく動くわけがなかった。

「こりゃ、コロボックル用にはならないな。われわれは、われわれに向いた方式でつくらなくては」

小さな技師《ぎし》たちは、そう考えなおし、知恵《ちえ》をしぼった。そして、いいエンジンはとてもつくれないとあきらめたとき、とうとうすばらしいことに気がついた。

〝すばらしいこと〟なんて、いつだって、つまらないことのすぐうしろにあるものだ。うっかりしていると、見のがしてしまうようなところにね。コロボックルの小さな技師《ぎし》たちの気がついたことも、やはりそうだった。

つまり、コロボックルのいちばん使いやすいエンジンは、自分たちの〝足〟だった。人間の考えたエンジンなどより、よほど強くて使いよいということだった。

ここでちょっとした計算をしてみよう。もし算数のきらいな人がいたら、答えだけ見てくれればよろしい。

まず、コロボックルの身長は三センチあまりで、ふつうの人間の約《やく》五十分の一だ。だから、そのままそっくり人間を小型《こがた》にしたものとすれば、その体重は、$\frac{1}{50}\times\frac{1}{50}\times\frac{1}{50}=\frac{1}{125000}$になる。
つまり、人間が平均《へいきん》六十キログラムとすれば、コロボックルは、わずか〇・五グラムにもたりないというわけだ。しかし、コロボックルは、人間をそっくり小型《こがた》にしたわけではなく、かなり頭でっかちで、足が大きく、しかも太っているから、だいたい一グラムはある。たばこ一本分ぐらいだね。

ところで、〝力〟のほうはどうなるかというと、人間の身長をそのまま五十分の一にちぢめたとき、その小さな人間の力は、$\frac{1}{50}\times\frac{1}{50}=\frac{1}{2500}$になる。

ふつうの人間が、五十キログラムぐらいまでかつげるとすると、小さくちぢめた体重〇・五グラムの人間は、50キログラム$\times\frac{1}{2500}=$ 20グラムぐらいかつぐことができる。

さっきいったように、コロボックルは、そのままそっくり人間をちぢめたのではないから、この計算どおりにはいかない。うでの力はずっと弱くて、せいぜい十グラムほどしかもちあげられない。しかし、それにしたって、自分たちの体重の十倍はもちあげるわけで、これを体重六十キログラムの人間にたとえれば、その十倍の六百キログラム――半トン以上《いじょう》のものをかつぐことになってしまう。

しかも、コロボックルの足の力はもっともっと強い。人間だったら、おそらく、四十馬力ぐらいにあたる力がある。そんな強い力で走りまわるからこそ、人間の目にもとまらないほど速く走れるわけだし、まっすぐ上に五十センチから八十センチほどもとびあがれるし、勢《いきお》いをつければ、かべでも一メートル半から二メートルぐらいかけあがる。もっとも、人間にはつるつるなかべに見えても、コロボックルが見ると、手がかりや足がかりがたくさんあるからでもあった。ほんとうにつるつるなかべは、たとえば大きな鏡《かがみ》などでは、とてもそんなにのぼれない。

さて、これでコロボックルの足の力が、どんなに強いものか——強いというのは、長いあいだ、ものすごい速さで動かしつづけられるということでもある——が、わかったことと思う。

どうもおまちどおさまでした。それではまた、空の上にもどることにしよう。

4

百二十メートルの上空には、いつのまにかもう一ぴきの虫が——いや、コロボックルがふえていた。前のより、ずっと大型《おおがた》で、ヘリコプターそっくりの空とぶ機械《きかい》にのっている。こちらはどうやら、試験飛行《しけんひこう》を調べるのが役目らしい。

先にきて待っていた小型《こがた》のほうが、おそろしいくらい目まぐるしくとびまわっているのを、上のほうからほとんど動かず、しばらくながめていた。

「やっほう」

やがて大型《おおがた》から小型《こがた》へ、声がとんだ。小型《こがた》のほうは、きゅっと空中でとまって、命令《めいれい》を待つように上を見た。そのあいだも、足は片方《かたほう》ずつゆっくりと動かしていた。

このわかいコロボックルの両足の外がわには、針金《はりがね》のようなものがとりつけてある。ひざとかかとと、こしのあたりで、自由に折《お》れまがるらしい。足をちぢめると、もう一組の針金《はりがね》が、ひざとは反対にうしろのほうに折《お》れまがる。この部分が両肩《りょうかた》にとりつけられた四つの歯車につながっていて、その歯車の心棒《しんぼう》にとりつけてある二まいのちっぽけな羽（おそらくとんぼの羽をはりあわせてつくったものだろう）が、うなりをたてて、はばたく。

どう見たって、それは〝乗り物〟という感じはしない。ふしぎな空とぶ機械《きかい》だった。ブーンという、かるい羽音をたててとびまわるところは、はちにそっくりだ。ただし、スピードはだんちがいに速い。そのくせ、こんなふうに、ブレーキをかけたように空中でとまることもできるらしい。

「オーケー、そのくらいで練習はいいだろう、ミツバチ坊《ぼう》や。こんどは一度小山までもどって、時間をはかってもらう。向こうのしたくも、もうすんでいるころだ。いいな、コロボックルの城《しろ》に、せいたかさんの時計を借《か》りた連中《れんちゅう》が待っている」

大型《おおがた》の機械《きかい》にのったコロボックルは、早口の大声で命令《めいれい》した。

「連中《れんちゅう》の合図でとびだして、一直線にここまでこい。それからまた一直線に小山へもどれ。そ

の時間をはかる。さあ、いけ」

「了解《りょうかい》」

ミツバチというよび名のとおり、わかいコロボックルがブーンととびさると、のこったコロボックルは、すうっとまた高くあがった。こっちの機械《きかい》はたしかに〝乗り物〟だった。前にもいったように人間のつくったヘリコプターと同じなのだ。

かんたんなわくだけの機体《きたい》の中で、コロボックルがバンドのついたペダルに足をさしこんで、ふんでいる。その力で竹とんぼのような大きな――といっても六センチほどの――つばさを回転させている。

尾《お》の先にも小さなプロペラがたてについていて、これでぐるぐるまいをふせいでいる。じつをいうと、こっちの機械《きかい》は、コロボックルの手でつくられた最初《さいしょ》の飛行機《ひこうき》なのだ。この型《かた》なら、いま三台もっている。

もともとコロボックルたちは、虫のとびかたを見て空をとびたいと思っていたので、まず空中でとまれるもの、どんなせまいところからも、まっすぐとびたてて、まっすぐおりられるもの、おまけにつばめより速くとべるもの、でなくてはならなかった。それで、ふつうの飛行機《ひこうき》はやめにして、ヘリコプターをお手本に、これをつくった。

こんなふうに、らくに空をとべるようにするまでには、何度も何度も、失敗《しっぱい》をくりかえしたものだ。だから、第一号機《き》ができたときは、国じゅうのコロボックルが、みんな木の上やコロボックルの城《しろ》の屋根の上にのぼって見物した。わあっと手をたたいて大さわぎして喜《よろこ》んだ。「コロボックル通信《つうしん》」にも、図面入りで、くわしく発表されたものだった。

けれども、しばらくたつと、コロボックルの小さな技師《ぎし》たちは、また考えこんでしまった。これではまだだめだ、というのだ。

第一に、これは大型《おおがた》すぎる。大きすぎれば地上におりたとき、かえってじゃまになる。

第二に、これはあまりスピードがでない。のろのろとんでいると、人目につきやすく、危険《きけん》も大きい（といったって、とんぼの数倍は速いのだが）。

第三に、これは木のみきにとまれない。虫はみんなとまれるのに。

第三の理由はともかく、前の二つは、目だたないように、というコロボックルのいつもの考え方が顔をだしている。

そして、もっと小さく、もっと便利《べんり》で、もっと速く、と考えが進み、ようやく新形式の飛行機《ひこうき》をつくった。それが、いま試験飛行《しけんひこう》をしている、小型《こがた》オーニソプター（はばたき式飛行機《ひこうき》）なのだ。これなら、機械《きかい》を身につけたまま、歩くこともできるし、木にぶらさがることもできる。つまり、虫のように、木のみきにもとまれる。

「成功《せいこう》だ、すごい成功《せいこう》だ！」

旧式《きゅうしき》のヘリコプターにのって上空で待っているコロボックルは、うれしそうにつぶやいた。このコロボックルは、技師《ぎし》のひとりだった。サクラノヒコという。よび名は〝サクランボ〟だ。

コロボックル小国の技師長《ぎしちょう》は、ツバキノヒコというすぐれた頭の持ち主だが、サクランボはその技師長《ぎしちょう》の下で、子どものときから助手をつとめた。そういえば、そのころ、マメイヌをつかまえるわなをつくって、てがらをたてたこともある。

こんどのオーニソプターの設計《せっけい》を、ほとんどひとりでやってのけた技師《ぎし》だ。

(しかし、まだまだなおしたいところがあるな。あのまま地上におりたとき、もっとらくに歩けなくてはいけない)

サクランボ技師《ぎし》はそんなことを心の中でつぶやいていた。そして、ふっと空の上で考えにしずんだ。ペダルをふむ足がおそくなり、ヘリコプターはふわふわと風に流された。

そのとき、丘《おか》のほうから一わのもずが、サクランボ技師《ぎし》ののっているヘリコプターめがけて、矢のようにとんできた。春さきの、しかもこんな町のまん中だっていうのに。

5

コロボックルは、どんなにすばしこい生き物よりも、はるかにするどい神経《しんけい》をもっている。だから、いまもそれが働《はたら》いた。サクランボ技師《ぎし》は、力いっぱいペダルをふみ、からだをひねってヘリコプターを真横にかたむけた。そのとき、技師《ぎし》の左足はきゅうにからまわりした。左のペダルが折《お》れたのだ。

パチッ、と、くちばしの鳴る音がした。羽がザーッと風をきって耳もとをかすめた。ヘリコプターがもずのからだにふれてはねとばされた。それでも、ヘリコプターはあやうくたちなおった。

技師《ぎし》は右足一本に力をいれて、そのままにげようとした。そうなるとペダルをふむだけでなく、ひきつけるときにも力がいる。

とにかくいつもなら、こうして二、三度体《たい》をかわすと、もずはあきらめるのだ。だが、ヘリコプターはものすごくゆれた。回転翼《かいてんよく》がまがってしまったのだ。まるでスピードがでない。

ちぇっ、と、舌打《したう》ちをした技師《ぎし》は、すばやくもずの行方《ゆくえ》を目で追いながら、自分と機体《きたい》を結《むす》びつけているバンドをはずしにかかった。いざというときには、とびおりなくてはいけないからだ。

コロボックルに落下傘《らっかさん》はいらなかった。風にのって落ちる速さをよわめ、地面すれすれのところで、手のひらを返すようにしてふわりとおりたつ。これは高いところからとびおりるとき、コロボックルがいつもやることだ。

（しかし、いくらなんでも百二十メートルは高すぎる。ここからとびおりたら、それこそたちまちもずのえじきだ！）

サクランボ技師《ぎし》は、さすがにすばやく、そしておちついて考えた。

(まだすっかりやられたわけじゃない。とにかくとんでいるんだからな)

もずは、むかしからコロボックルの敵《てき》だ。ヘリコプターは、とにかくまつがわるい。まるで弾丸《だんがん》のように空からねらってくるので、地上にいるときのコロボックルでさえ、うっかりするとよけそこなうことがある。いきなり百二十メートルも高い空からとびおりれば、それだけ長いあいだ空中にいなければならない。

そんなときは、いくらコロボックルだって、風にとばされたごみと同じだ。もずはなんなくつかまえてしまうだろう。

といって、このままでは、もずにヘリコプターをこわされるだろう。へたをすれば命がない。

(ちぇっ、このうすぼんやりの、まぬけのサクランボめ!)

技師《ぎし》は、ぐらぐらするヘリコプターを、右足だけでかなりたくみにあやつりながら、自分で自分をののしった。よく注意さえしていれば、きっとなんでもなかったのだ。こののろまな機械《きかい》だって、もずやつばめのくちばしをよけるぐらい、わけない。たとえペダルが一本折《お》れたって——。

「きた!」

もずは、ほとんど真下から、つきあげるようにおそいかかってきた。技師《ぎし》は、ペダルをぐいっとふんだ。くるったヘリコプターは、ぶるぶるっとふるえて、それから機体《きたい》ごとまわった。一度まわると、あとはめちゃめちゃにまわった。まわりながら落ちた。

あぶない。

だが――なぜかもずは、空中でよろめいた。白いむねの羽毛《うもう》がぱっと散《ち》った。ようやくヘリコプターをたてなおしたサクランボ技師《ぎし》の目の前で、もずは大きく向きをかえ、石のように落ちていった。小さなきらきら光るものといっしょに。

（なにかが起こったらしい）

サクランボ技師《ぎし》は、ゆれる機体《きたい》からからだをのりだして、ななめにとびながら下を見た。そのまま落ちると思ったもずは、はるか下のほうでばたばたとたちなおった。そして、よろめくように丘《おか》のほうへ姿《すがた》を消した。はじめから終わりまで、この空のあばれんぼうは、一声も鳴かなかった。

しかし、小さなきらきら光るものが、まっすぐ落ちていくのが見えた。

「くそ！」

サクランボ技師《ぎし》は、目をいっぱいにあけてどなった。

「あいつはミツバチ坊《ぼう》やじゃないか！」

ゆれるヘリコプターの右ペダルをぎゃくにふみかえて、技師《ぎし》は高度をさげた。ときどき力をいれすぎて、機体《きたい》ごとぐるぐるまわりながら――。

技師《ぎし》の目の下に、ぐうんと町が近よってきた。谷あいの町がかくれ、丘《おか》がせまってきて、自動車の音が大きくきこえてきた。

（道におりたらあぶないぞ――）

丘《おか》はやがて目の高さになり、頭の上になった。海がゆっくりうしろにたおれていった。うすっぺらな町なみだった駅前が、にぎやかな大通りになった。

「さあ、左だ。左へ左へ、そうだ」

サクランボ技師《ぎし》は、なかなかいうことをきかないヘリコプターをあやつって、駅の時計台のかげにまわりこませながらつぶやいた。

「あいつ、ぼくを助けるつもりで、自分がやられたんじゃないかな。まったくむちゃなやつだ」

駅の大きな時計の針《はり》がぴくりと動いて、三時四十五分をさした。

6

あのテストパイロットが、いいつけられたとおり小山から一直線に駅の真上までしびかえってきたとき、サクランボ技師《ぎし》は、もずの二回めの攻撃《こうげき》をうけようとしていたのだ。しかも、ヘリコプターは故障《こしょう》したらしく、ぐるぐるまいをしながら落ちていくではないか。

本名をクルミノヒコというこのパイロットは、サクランボ技師《ぎし》の少年助手だった。小型《こがた》オーニソプターをつくるあいだ、ずっといっしょだったし、これまでも技師《ぎし》と、何度か小さな試験飛行《しけんひこう》をやってきた。そして、きょう、はじめて、長距離試験飛行《ちょうきょりしけんひこう》にかかるところまでこぎつけたのだ。

ミツバチ坊《ぼう》や——この試験飛行《しけんひこう》をはじめてから、そんなよび名がついた——は、尊敬《そんけい》しているサクランボ技師《ぎし》を助けようと、むちゅうになった。そして、流れ星のような速さでもずに体当りしたのだった。短剣《たんけん》をひきぬくひまもなかった。

もずは、小石をぶつけられたぐらいの力をうけたにちがいない。だから、空中でよろめいた。ところが、ミツバチ坊《ぼう》やのほうも同じ力をうけた。

せなかの機械《きかい》をいためないように、足からぶつかればよかったのだが、足はつばさを動かすために、いつもうしろへけっていなければならない。それで、ひじをはり、頭からつっこむような形になった。

小型《こがた》オーニソプターのつばさが、二つとも折《お》れてふっとんだ。

そのとき、ミツバチ坊《ぼう》やは、自分の足が、ひんまがった機械《きかい》のために動かなくなっているのに、気がついていなかった。

＊

駅の時計台のうしろにうまくおりたサクランボ技師《ぎし》は、すばやく屋根の上をわたって、ミツバチ坊《ぼう》やが落ちたと思われるほうへ走った。

（たしか、このあたりだった。うまく、風にのっておりていればいいが）

駅の建物《たてもの》から、プラットホームの屋根にとびうつってさがした。雨どいの中も、しびおりて、走ってみた。屋根にはいない。

わいわい、がやがやと、下から人声がした。

（さては見つかったか）

天からふってきためずらしいものを見つけて、人間たちが、さわいでいるのかと思ったのだ。だが、雨どいからのぞいてみてほっとした。そこは、駅の横からはいったところで広場になっていた。おとなが三人ほど、あとは男の子ばかり十人ぐらいが集まって、荷物を乱暴《らんぼう》によりわけていた。

（どうやら、あいつを見つけたのではないらしい。しかし、こんなところへ落ちたとすると、もし気をうしなっていたりしたら、ふみつぶされるかもしれない）

そう思っただけでも、サクランボ技師《ぎし》はぞっとした。人間にふみつぶされるコロボックルなんて、考えただけでも悲しい。

技師《ぎし》は、そこからあたりを見まわして、クルミノヒコ＝ミツバチ坊《ぼう》やの姿《すがた》をさがした。

（あの荷物のかげにいないか、あっちの木箱のうしろにいないか、あの柱のかげは、さくのうしろはどうだ、あの植えこみの中は——）

どこにも見えなかった。これなら、気をうしなわずに、うまくおりたのかもしれない、という気がした。

（あいつのことだ。もうとっくにどこかへかくれちまっているだろう）

それでも、サクランボ技師《ぎし》は、雨どいから下にとびおりた、ヒューッと風をきって。

人間が何人いようと、短い時間なら、目をくらますのはわけはない。人間たちのまん中におりて、目まぐるしくさがした。とびおりたところを中心に、すこしずつ大きな輪《わ》をかいていく。レコードの針《はり》の動きと、ちょうど反対に動いたわけだ。ときどきピーッと、するどい口ぶえをふいた。きこえれば返事があるはずだった。だが返事はなかった。

いそがしく荷物をわけていた人間の男の子たちは、やがて、自転車をひきだしてきて、それぞれ、自分の荷物をつけはじめた。

それを下から見あげながら、サクランボ技師《ぎし》は自分の動く輪《わ》を大きくしていった。大きく、大きく、やがて広場をはみだして、さくから外へでた。そこで、こんどはプラットホームを、はしからはしまで走り、レールの上にとびおりて、ジグザグに走った。どぶの中もとびこえとびこえしてさがした。

　いない、どこにもいない。

　屋根の下にころげおちたかもしれないと思って、人かげのまばらな駅の待合室にもはいってみた。やはりいなかった。荷物の上にとびのり、事務室《じむしつ》のまどにとびうつり、もういちどこまかくさがしてみた。いない。ようやくサクランボ技師《ぎし》はあせをふいて、むねをなでおろした。

「あいつは、走って小山へ帰ったんだ。そうだ、きっとそうだ」

　そう思うと、早くたしかめたかった。それで、また、時計台のうしろへもどった。ヘリコプターの上にのって、ひんまがったつばさをぐいっとなおした。小山へもどるぐらいなら、これでだいじょうぶ、もつだろう。折《お》れたペダルはなおしようがない。

　駅の時計は三時五十七分をさしていた。コロボックルの速さで十二分も走りまわったのだ。もし、地上にいたら、きっと見つけたはずだった。

7

　サクランボ技師《ぎし》ののったヘリコプターは、ぐうんと高くあがって、たちまち丘《おか》の上にでた。ま

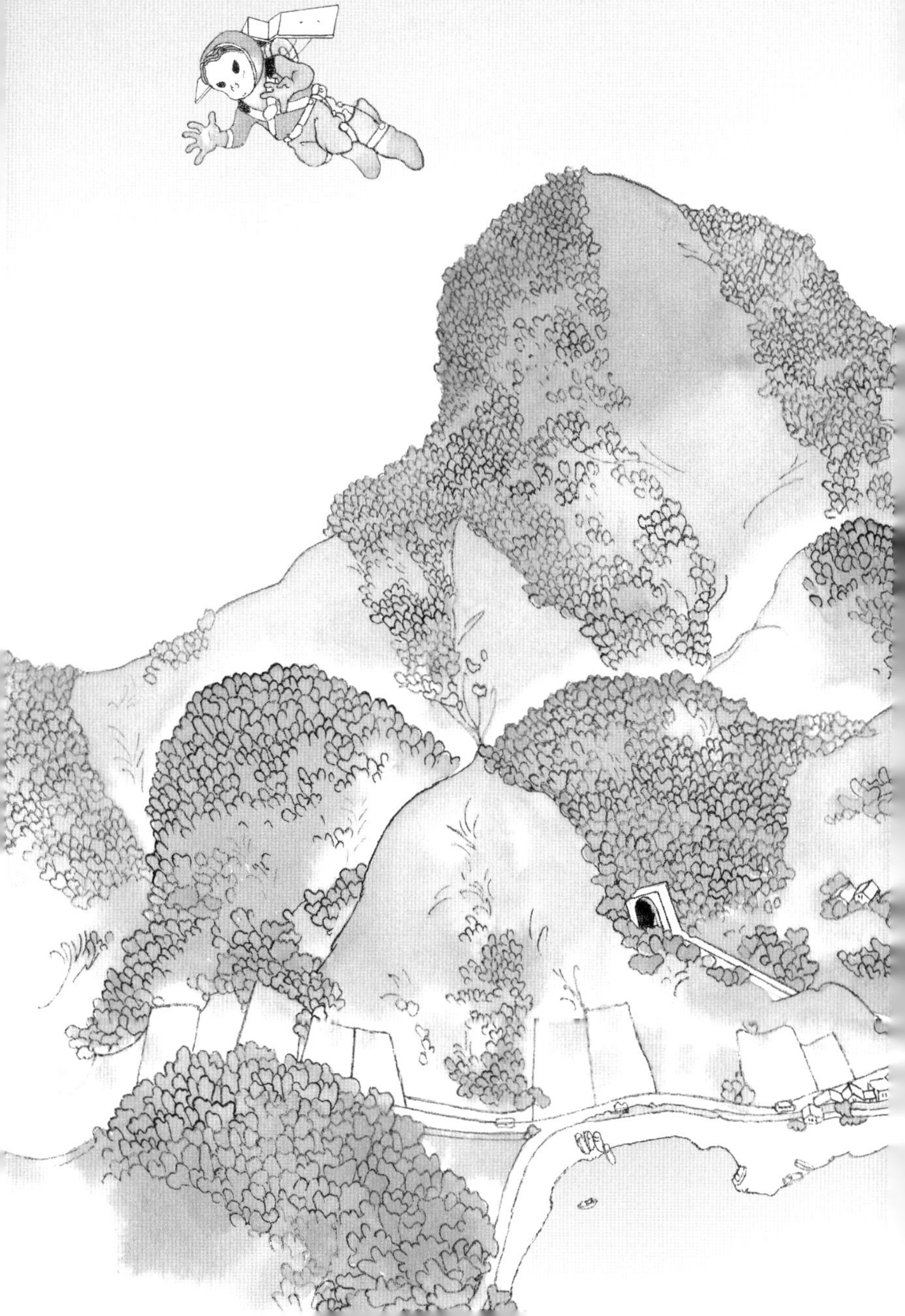

だすこしゆれるが、こんどは片足《かたあし》でも、かなりスピードがでる。

そこから谷あいの町の屋根の上をとび、小学校の運動場の真上をななめに横ぎって、町のいちばんおくへ進んだ。上から見ると、まがりくねった道はだんだん細くなって、やがて、雑木林《ぞうきばやし》の丘《おか》にぶつかっている。ここまでくると、もう家もない。道はきゅうに右へまがって、せまい石段《いしだん》になる。

サクランボ技師《ぎし》は、地上一メートルぐらいまで、すうっとまいおりると、道の上をゆっくりとんだ。もしかしたら、ミツバチ坊《ぼう》やの姿《すがた》が見えるかもしれないと思ったのだ。

石段《いしだん》にそって、切り通しの峠道《とうげみち》にはいり、そのまま丘《おか》をこえると、向こうがわにたんぼが見えてくる。たんぼのあいだには、新しい家がぽつりぽつりたっている。このごろは、町がバス道路づたいに丘《おか》のうしろをまわって、ここまでしのびこんできてしまった。もうじき、たんぼも畑もなくなってしまうのだろう。

この小さな峠《とうげ》をこえたところで、技師《ぎし》はまたいっきに高くのぼった。雑木林《ぞうきばやし》の上にでて、ぐいっと左にかじをとった。目の前に、とがった小さな小山が見える。すっくりとしげったヒマラヤ杉《すぎ》にかこまれて、小山のかげに青い屋根がのぞいている。

さあ、ついた。ここがコロボックル小国のある小山だ。ここに、コロボックルが千人ほど住んでいる。青い屋根は〝せいたかさん〟の家だ。

サクランボ技師《ぎし》ののったヘリコプターは、その青い屋根をこえ、とがった小山の中腹《ちゅうふく》にたっている白ペンキぬりの小屋に向かって、矢のようにとんだ。

その古いちっぽけな小屋は、赤い花をいっぱいつけた、みごとなつばきの大木の下に、ちょこんとおさまっていた。ところどころ、ペンキのはげた古ぼけた小屋。古ぼけてはいても、まだまだしっかりしたかわいい小屋。じつは、これがコロボックルの城《しろ》なのだ。

コロボックルの城《しろ》には、小さな出まどがあいていて、そこに、ぱらぱらと豆のようなかげがいくつか動いた。見張《みは》りのコロボックルだろう。

サクランボ技師《ぎし》のヘリコプターは大きく輪《わ》をかいてから、まどにとびこんだ。そこには大きな手作りのつくえがあった。もちろん、むかしせいたかさんが使ったものだ。まどに向かってはめこまれたようになっている。そのつくえの上に、もう二台のヘリコプターがおいてある。そのとなりに、サクランボ技師《ぎし》はふわりとヘリコプターをとめた。すみのほうで、うで時計をかこんだまま、ヘリコプターのおりるのを待っていたコロボックルたちが、五人ほど、わっと集まってきた。

「ミツバチ坊《ぼう》やは帰ったろうな」

ヘリコプターからとびおりるなり、サクランボ技師《ぎし》がそうたずねた。

「そのヘリコプターはこわれているじゃないか。なにがあったんだ」

いきなり乱暴《らんぼう》な返事があった。サクランボ技師《ぎし》はそっちを見た。

「ああ、隊長《たいちょう》か。ミツバチ坊《ぼう》やはどこだ」

「そいつはおれのほうでききたい」

隊長《たいちょう》とよばれた、背《せ》の高いたくましいコロボックルが、おこったようにいった。

「あの坊《ぼう》やは、まだここへもどっていないんだぞ」

サクランボ技師《ぎし》は、ほんのちょっとのあいだ、隊長《たいちょう》の顔をにらんでいたが、すぐまたべつのヘリコプターにとびのった。そして、隊長《たいちょう》に向かって早口でどなった。

「おい、フエフキ、おまえにたのむ。隊員《たいいん》をつれてすぐ駅へいってくれ。あいつは、もずとたたかって、そこで落ちたんだ。ぼくはひとりでさがしたんだが、見つからなかった。もう帰ったのかと思ったが、ちがうらしい。すぐいってくれ、いいな」

「おい、待て、待てったら」

「ぼくの責任《せきにん》だ。たのむからぼくのいうとおりにしてくれ。もしとちゅうの道であいつと会ったら、だれかを知らせによこしてくれ――そうだとありがたいんだが」

そういいのこすと、あっというまに、サクランボ技師《ぎし》は、またまどからとびだしていってしまった。

〝フエフキ〟とよばれた隊長《たいちょう》は、ふえでなく口ぶえをピーッとふいた。そして、つくえのうしろにとびおりていった。そこには、コロボックルのとおるはしごがある。

城《しろ》の床《ゆか》の上に、たちまち二十人ほどのわかいコロボックルが、そろいの黒い服で集まった。

マメイヌ隊《たい》の隊員《たいいん》だった。コロボックルの国にはクマンバチ隊《たい》という見張《みは》りの隊《たい》がある。その中から、とくにはしっこい若者《わかもの》がえらばれて、マメイヌ隊《たい》をつくっている。マメイヌ――コロボックルにふさわしい小さないぬ――を使って、むずかしい仕事をするのが役目だった。そのマメイヌが、二ひきつれてこられていた。

「この町の駅だ。そこでクルミノヒコが落ちたが、見つからない。いつもの道をとおっていく。とちゅうで会うかもしれないからな」

マメイヌ隊《たい》の隊長《たいちょう》スギノヒコ＝フエフキは、集まった隊員《たいいん》に向かってそういった。

8

コロボックルの城《しろ》の大きなつくえの上には、やぐらを組んだ下で、チクタク音をたてているせいたかさんのうで時計が一つと、かわいらしいコロボックルの少女がしょんぼりとひとりのこっていた。いっしょにいた見張《みは》りのクマンバチ隊員《たいいん》も、どこかへ知らせに走ったのだろう。

このコロボックルの女の子は、サクランボ技師《ぎし》の妹だった。もちろん本名はサクラノヒメだ

が、よび名はオハナという。サクラノヒメ＝オハナは、おとなしくてなきむしだが、サクランボ技師《ぎし》に似《に》て、すばらしく頭がいいのだ。コロボックル小国の技師長《ぎしちょう》、ツバキノヒコが、「コロボックルの国にはじめて、女の技師《ぎし》が生まれるかもしれない」と見こんだ子だ。本人はそんなことちっとも考えていないのだが、ふつうのコロボックルが三年で卒業《そつぎょう》する学校を、一年半でもう習うことがなくなってしまった。それで、あとはずっとこうして研究所へかよい、にいさんのてつだいをさせられていた。つまり、実習というわけだ。

きょうも、時計係としてきていたのだが、たいへんな事故《じこ》が起こったと知って、さっきからぶるぶるふるえていた。ほかのコロボックルがあちこち走って知らせにいったのに、じっとしていたのは、足ががくがくしていたからだった。

(どうしよう。ミツバチさんは助かるかしら)

サクラノヒメは、チクタク動いているうで時計の秒針《びょうしん》を見つめていた。

「おい、オハナ」

つくえのかげで、だれかのよぶ声がした。

「オ、ハ、ナッ」

二つの頭が、そこからでたりひっこんだりした。天才少女のなきむしオハナちゃんはふりかえった。きょう一日、この〃つくえの上広場〃へは、かってにコロボックルがやってきてはいけないことになっている。試験飛行《しけんひこう》で使うからだ。

「だあれ」

オハナは、小さな声で返事をした。

「だれもいないんだろ」

二つの頭が、そういって、つくえのはしからでた。まるで同じ顔だ。いたずらそうな少年コロボックルがふたりいた。

「あっ、サザンとザンカ」

オハナは少年たちをそうよんで、あわててかけよった。

「あんたたち、クマンバチ隊《たい》に見つかるわよ。ここへ遊びにきちゃいけないんだわ」

「ちぇっ、あんまりいばるなよ。早く学校卒業《そつぎょう》したからってさ」

「いばってなんかいないわ」

オハナちゃんは、もう半べそになっていった。それをいわれると、いちばん悲しくなるのだ。

(それに、まだ卒業《そつぎょう》なんかしてないじゃないの)といつもそう思う。でも、口にはだしたことがない。男の子といいあいをするなんて、気の弱いオハナには、とてもできないことだ。

このふたりの男の子は同級生だった。ふたりともサザンカノヒコで、つまりふたごの兄弟なのだ。いたずらならだれにもまけない元気者で、学校をでたら、すぐにもマメイヌ隊《たい》にはいるつもりでいる。おじいさんもおとうさんも医者なのに。でも、ほんとうは気のいい男の子だった。

「ねえ、サザン、帰ったほうがいいわ」

オハナは、先につくえの上にとびあがってきた子にいった。

「ぼくはザンカだ」

兄のよび名がサザンで、弟のほうがザンカだ。ふたりあわせてサザンカだが、それにしたって
どっちがどっちだかわからない。

「すぐ帰るから、心配しなくていいよ。さあ、きかせてくれ。なにがあったんだ」

あとからきたサザンがいった。

「教えてくれたら、すぐ帰る」

ザンカもいった。オハナはくちびるをかんだ。

「試験飛行《しけんひこう》にでたミツバチさんが行方不明《ゆくえふめい》なの。もずにおそわれて、町のまん中の駅の上で落ちたんですって」

サザンカ兄弟は、ちらりと顔を見あわせた。そして、オハナの肩《かた》をかわるがわるたたいた。

「ありがとう、オハナちゃん。ほんとうをいうと、ぼくたちはきみのことをとても誇《ほこ》りに思っているんだ。しっかりやってくれ」

ふたりとも、まじめな顔でそういった。そして、あっというまに見えなくなった。

またぽつんととりのこされたオハナは、大きくため息をついた。

(あの子たち、あたしからききだして、いったいどうするつもりなんだろう)

さすがのオハナも、頭がこんがらかっていたので、そのことはもう考えなかった。そして、うで時計のわきにかけもどった。

(とにかく、あたしが、この時計の番をしなくちゃ)

時計は四時五分をさしていた。

9

マメイヌ隊《たい》は、もう出発していた。

峠道《とうげみち》にかかったとき、だれかがうしろから追いついてきた。

「待ってくれ、いっしょにいく」

隊長《たいちょう》がふりかえっていった。

「なんだ、風の子か、まあ、いいだろう」

〝風の子〟とよばれたコロボックルは、「コロボックル通信《つうしん》」の編集長《へんしゅうちょう》、クリノヒコだった。

このクリノヒコ＝風の子も、マメイヌ隊《たい》の隊長《たいちょう》、スギノヒコ＝フエフキも、サクラノヒコ＝サクランボ技師《ぎし》と、子どものころから仲《なか》のいい友だちだった。だから、わざわざ編集長《へんしゅうちょう》が、自分でとびだしてきたのだろう。

「コロボックル通信社《つうしんしゃ》」は、せいたかさんの家のまどの下にとりつけられた、古い郵便《ゆうびん》受けの中にある。むかしは、印刷《いんさつ》もここでやったが、いまは事務室《じむしつ》だけだ。印刷《いんさつ》工場は、コロボックルの城《しろ》の地下にあった。

マメイヌ隊《たい》の隊長《たいちょう》は、コロボックル通信《つうしん》の編集長《へんしゅうちょう》とならんで走りながらいった。

「ぶじでいればいいがね」

「ああ、わるいニュースはのせたくないよ」

風の子は、息もきらさずに走りながら答えた。名まえのとおり、風のように走る。すばしこさにかけては天下一品なのだ。だから、せいたかさんの連絡係《れんらくがかり》もかねている。

「じつをいうと、おれのところには、ちょっと前に知らせがあってね」

そういいかけて、フエフキは、うしろをふりむいた。峠道《とうげみち》の石段《いしだん》を、かげのようにちろちろはずみながらついてくる隊員《たいいん》と、二ひきのマメイヌを見て、どなった。

「マメイヌをはなして、さがさせろ！　どこかにたおれているかもしれないぞ！」

それからまた、風の子に向かってしゃべった。

「ミツバチ坊《ぼう》やは、時計の針《はり》にあわせてとびだした。おまえも知っているように、きょうの試験《しけん》飛行《ひこう》は、駅の真上で待っているサクランボのところへいって、まっすぐ城《しろ》までとびかえるんだろう。そのあいだの時間をはかるんだからな。ミツバチ坊《ぼう》やは、二分たらずで帰ってこられるといった。ところが十分たってももどらない。なにかあったのかもしれないというので、おれのところに知らせがあった」

「なるほど」

「世話役（コロボックル小国の大統領《だいとうりょう》のような役）から指令《しれい》がきた、いつでもとびだせるようにってね。おれは大いそぎで隊員《たいいん》を集めてから、〝つくえの上広場〟へいってみたんだ。すると、そこへサクランボが、こわれたヘリコプターで帰ってきて、もずにやられたっていうんだ」

「もずか。あいつはこわいよ、まったく。しかし、そんな町の高い空にもずがくるなんて、運がわるいんだな。そのもずは、どうかしてたんじゃないか」

「いまごろは、たまごをうむからな」

スギノヒコ＝フエフキがつぶやいた。クリノヒコ＝風の子もうなずいた。そしてふたりとも、しばらくはだまったまま走った。

もう町の中にはいっていた。二ひきのマメイヌは、コロボックルが見てさえ、目まぐるしいほどの速さであちこちかけめぐりながらついてきた。ミツバチ坊《ぼう》やのにおいをさがすように、いいつけられているのだろう。

「おい、ここからは、二手にわかれよう」

フエフキは、ヒュッととまって、ゆきすぎようとした隊員《たいいん》にいった。右の石垣《いしがき》の下のほうに、細い土管《どかん》が頭をだしている。下から二十センチぐらいのところだ。

フエフキはその中にとびあがって命令《めいれい》した。

「いぬを一ぴきつれて、三人だけあっちの道をいけ。あとはこっちだ」

コロボックルには、コロボックルの道があるのだ。いつもとおるところはきまっている。たいていは、人のつくった道にそっていくが、そうではないところもある。人間の家の庭を横ぎるときもあるし、へいの上を走るときもある。縁《えん》の下《した》をくぐるときもあるし、ときには、このように水のかれた土管《どかん》の中をとおることもある。みんなコロボックルが調べて、安全なことをたしかめてある道だった。

風の子も、フエフキにつづいて、土管《どかん》の中にとびこんだ。細いといったって、コロボックルの背《せ》たけの三倍ぐらいもある太さだ。りっぱなトンネルに見える。このトンネルをぬけると、丘《おか》の横腹《よこはら》にでるが、駅へいく近道になっていた。もちろん、雨の日や雨のすぐあとはとおれない。

「あかりをつけろ」

また、フエフキがトンネルの中でさけんだ。声がボワンボワンとひびいた。隊員《たいいん》のひとりが、せなかから棒《ぼう》のようにかためた燐《りん》をとりだして、サックをとった。

さすがにコロボックルたちも、ゆっくり走った。しかし、マメイヌだけはたちまち先のほうへとんでいってしまった。

「ぶじでいるかな」

風の子が、またつぶやいた。

「だいじょうぶさ。足でもいためて、どこか駅の近くにかくれているのさ。マメイヌがすぐ見つけるよ」

「そうだといい」

風の子はそう答えて、またたまった。出口だ。目の前がきゅうに明るくなった。コロボックルたちは、その光の中にとびだしていった。そこからまっすぐがけをかけおりて、人の家のうらにまわり、広いバス道路にでれは、駅はすぐ前にあるはずだった。

しいんとなったトンネルの中に、また、ピタピタと足音がした。だれかコロボックルがやってくるのだ。あかりはもっていない。

「もうすぐ出口だぜ」

「しいっ」

そんなささやき声が、しょぼしょぼとひびいて、ちょっと足音がとまった。サザンカ兄弟だった。元気ないたずらぼうずたちも、見張《みは》りの目をかすめてマメイヌ隊《たい》のあとを追ってやってきたのだった。

10

子どもは、許可《きょか》なく国の外へでてはい

けないことになっているのに、このサザンカ兄弟は、だまって小山をとびだしてきていたのだ。だから、バス道路をわたると、さすがに足が進まなくなった。

「どうする、もっと先までいってみるか」

兄のサザンがいった（もしかすると、そういったのは弟のザンカだったのかもわからない）。とにかく、ひとりが、もうひとりに向かってそういった。

「うん。マメイヌ隊《たい》が、必死《ひっし》でさがしものをしているんだからな。あっちへいったら、どこへかくれていたって見つかっちまう」

「そうなんだ。どうせ、てつだいはさせてくれないだろうし」

兄弟はうなずきあった。だが、このまま帰るつもりはなかったとみえる。ひとりが、あたりを見まわしていった。

「せっかくきたんだ、ぼくたちは駅の外をさがしてみようよ」

そして、ふたりは駅前の広場をちらちらとよこぎり、バスの発着所のほうにかけていった。

一人前のマメイヌ隊員《たいいん》になったつもりで、サザンカ兄弟は、駅のまわりを大きくまわった。だが、もちろん、――とても残念《ざんねん》なことに――ミツバチ坊《ぼう》やの姿《すがた》は見つけられなかった。

「あっちの連中《れんちゅう》も、だめらしいね」

「ああ」

「どこにもいないとすると、どこにいると思う」

「どこにもいないのに、わかるわけないだろう」

ふたりは、バス道路の街路樹《がいろじゅ》の根もとにこしをおろして、そんなことをいいあった。

「まだ生きているなら、早く見つけなきゃいけないし」

ひとりがいうと、もうひとりもいった。

「もしだめなら、なお早く見つけてあげなきゃいけないし」

そのとき、ヒューッと兄弟の横を、きびしい顔つきのマメイヌ隊員《たいいん》がとおった。ふたりはあわてて首をちぢめたが、そのコロボックルは、なにも気づかずにバス道路をわたっていってしまった。

「ああ、びっくりした」

ふたりは、いっしょにいった。

「ここは、コロボックルの通り道なんだな」

「そうだ。こんなところでまごまごしてると、たいへんだ」

そういってから、いきなり手をたたいた。

「おい、いまのは、小山へなにか知らせにいったんだぜ。なにがわかったのかな」

「あっちへいってきいてみよう」

「ばかだな」

そういって、駅へいきかけたやつをひきもどしたのが、たぶんにいさんのサザンだろう。どんな兄弟だって、たいてい、にいさんのほうが、すこしは落ち着きがあるものだ。

「小山へもどってきくんだ。さあ、帰ろう！」

このときの知らせは、マメイヌがミツバチ坊《ぼう》やの短剣《たんけん》を見つけたことだったが、これはあまりいい知らせとはいえない。とにかくふたりは、立ちあがって、シューッと走りだした。

バス道路をわたると、家と家とのあいだをすりぬけ、そのままがけをかけのぼっていった。しかし、やがて兄弟の足はとまった。

「土管《どかん》のトンネルはどこだっけ」

「ええと、たしかこっちだったよ」

ふたりとも、このあたりの道は、あまりくわしく知らないのだ。いままでに、二、三度しかきたことがないし、そのときはおとながいっしょだった。それでも、ふたりはトンネルの入り口を見つけた。そして、まっ暗な中にとびこんでいった。だが、あわててまたとびだしてきた。

ゆきどまりの土管《どかん》だった。

「めんどうだ、このまま丘《おか》をこえていっちまえ」

「よしきた」

いたずらぼうずたちは、へいきだった。コロボックルの勘《かん》で、小山がどっちの方角にあるかは、ちゃんとわかっている。ただ、でたらめな道をいくとひどく時間がかかる。サザンカ兄弟も、丘《おか》をこえて、谷間の道におりたときは、すっかりくたびれてしまった。そこでひと休みすることにした。そのときは、さすがにいたずらぼうずたちも、あたりに気をくばった。道ばたの板べいをくぐって、小さな花畑にはいった。はち植えのパンジーが、へいのうしろに一つおいてあった。ふたりはそのはちにのぼって、ふちにこしかけた。

ドン、と、いきなりへいにぶつかったものがある。ほんとうは、かるくあたっただけだったが、サザンカ兄弟のやすんでいたまうしろだったものだから、ふたりともおどろいてとびあがった。あわててへいの下を見ると、すぐわかった。自転車のタイヤがあった。ぶつかったのはこの自転車だ。

「夕刊《ゆうかん》！」

元気な人間の少年の声がした。

第二章

この世にただひとりとなるべし

1

そこは、町のせまいうら通りだった。新聞配達《しんぶんはいたつ》の少年は、自転車をおりて、おしながら、新聞をくばっていた。おとなしそうな色の白い少年だ。服のえりには中学校のバッジが光っている。中学二年生だ。

路地をまがったところで、トン、と板べいに自転車をよりかけると（そのとき、へいのうらで、コロボックルのサザンカ兄弟がとびあがった）、自転車の荷台につけた夕刊《ゆうかん》のたばから、一部だけシュッとぬきだした。

折《お》りたたんだ新聞を、手早く郵便《ゆうびん》受けにおしこんで、ぐいっとハンドルをとった。そのまま板べいにそって、通りへひきもどそうとしたとき、目の前の通りを、勢《いきお》いよくとおりすぎた自転車があった。やはり荷台に新聞をつけている。のっているのは男の子だった。

「あれ」

自転車をおしていた中学生が、びっくりしたように声をあげた。

「おい、おチャ公！　おうい」

キューッと、かなり先のほうでブレーキがかかった。おチャ公とよばれた少年は、つまさきをとんとんと地面についてとまった。

こっちはまだ小学生のようだったが、自転車にのったまま、とにかくつまさきが地面にとどいたところをみると、年のわりには、かなりのっぽの少年にちがいない。

そのままふりむいたが、よびとめたなかまをみると、にこにこしながらすうっともどってきた。このへんの道は、わずかながらのぼり坂になっているのだ。

「やあ、あにき、そこにいたのかい」

「あにきとはなんだ」

よびとめた中学生が、おこったようにいった。でも顔はにやりとした。わらうと右のほおにぺっこりえくぼができる。

「あにきだなんていうな、気持ちがわるくなる」

「だって、年も上だし、この仕事じゃ、大先輩《だいせんぱい》じゃないか」

小学生のおチャ公は——なんで〝おチャ公〟というのかわからないが——そんなりくつをこねた。あにきとよばれた中学生は、もうかまわずに、まじめな顔つきになった。

「おまえ、さっき駅からきゅうにいなくなったな、どこへいったんだ」

「ああ、そ、そのことか」

見るからになまいきそうなおチャ公が、どういうわけかどもった。

「お、おれ、ちょっとうちに用ができてさ、うちによってきたんだ」

「用って?」

返事のしかたが気にくわなかったとみえて、中学生がまゆをしかめた。するとおチャ公は、ペダルを勢《いきお》いよく、からまわりさせて明るくいった。

「だいじょうぶだよ、心配ないって。うちにばれたわけじゃないんだ。おれは、塾《じゅく》にかよっていることになっているんだから。新聞くばってるなんて、まだだれも知っちゃいないよ」

「どうでもいいけどな」

中学生は、おっかぶせるようにいった。

「何度もいうようだけど、おまえみたいないいうちの子が、家にないしょで新聞配達《しんぶんけいたつ》するなんて、どう考えたってよくないぜ。おれみたいに親なしっ子ならいいけどな」

「そんなのへんだ」

おチャ公は、たちまち勢《いきお》いづいて口をとがらせた。

「自分が親なしだと思って、いばってらあ。人がやっていいことを、おれがやったらなぜわるいんだい。おれにはおれの考えがあるっていったじゃないか。もしうちにばれたって、おれがしかられるだけだよ、めいわくなんかかけないよ」

「ちぇっ、うちにないしょだって知ってたら、おれ、この仕事、せわするんじゃなかった」

「そんなこといっても、もうだめさ」

中学生のほうが、あきれたようにいった。

「しようがねえやつだ。うちでしかられても知らないぞ」

「へいきだよ、あにき」

そういってから、舌《した》をだした。

「ごめん、もういわないよ」

おチャ公は、いたずらそうな目つきでわらいながら、自転車をぐいっとまわした。あばよ、またあした、といって、ふたりは左右にわかれた。年上のほうがふりかえった。

「自動車に気をつけろよ！」

とどなった。

おチャ公はうなずくと、町のおくに向かって自転車を走らせた。

カタカタゆれるその自転車の荷台のかげに、コロボックルのサザンカ兄弟がとりついていた。くたびれたからではなく、めずらしかったからだった。小山も、こっちのほうにあるはずだ。

しかし、サザンカ兄弟はすぐ道にとびおりた。女の子——小学校二年生ぐらいの女の子を、おチャ公が追いこしたときだ。

「やっぱりおチャメさんだぜ」

「ほんとだ。きょうはピアノのおけいこの日だったんだな」

サザンカ兄弟は、そんなことをつぶやいた。おチャメさんというのは、せいたかさんの子どもだ。おさげを長くあんだ、ふっくらしたかわいい子だ。

おとうさんのせいたかさんも、おかあさんのママ先生も、この子にはコロボックルのことをしゃべったことはない。でも本人はなんとなく知っているみたいだ。知っていてだまっているらしい。コロボックルにとっては、末《すえ》たのもしい子だった。

「やれやれ、おチャメさんにくっついていけば、もう小山までまっすぐだ」

サザンカ兄弟は、さすがにほっとして顔を見あわせた。

でも物語は、まだサザンカ兄弟といっしょに小山へもどるわけにはいかない。おチャ公のあとを追わなくてはならないのだ。

2

おチャ公は、道々新聞をくばりながら、やがてごみごみした町のおくへやってきた。がけ下のかきの木のあるあき地へはいっていくと、そこに五、六人の男の子たちがおチャ公を待っていた。みんな、おチャ公より小さな子ばかりだ。

あき地には、晩《ばん》のおかずのにおいがしていた。

「おそかったね、おチャちゃん」

「もう帰ろうかって、いってたんだぜ、おチャちゃん！」

「さあ、早くやっちまおうよ、おチャちゃん！」

自転車から身がるくとびおりて、さっとスタンドを立てたおチャ公少年をとりかこんで、子どもたちは口々にさけんだ。おチャ公はひどく人気があるらしい。

「やあ、みんないたな」

ひとことそういって、おチャ公少年はぐるっと見まわした。そして、自転車の荷台から夕刊《ゆうかん》をひっこぬくと、ゆっくりかぞえた。

「さあ、はじめようか。まず、こっちの石段《いしだん》の上にいくやつは？」

「ぼく、いく！」

「オーケー、ぜんぶで五けんあるぜ。知っているな。はい、五まい」

「それじゃあ、おれ、小林さんちのほうまわってくる」

「よし、あっちは三げんだ。わかってるな」

「わかってる！」

「よしよし。それから、こっちのうら道へいくのはだれだ」

「おれ」

「おれも！」

「ようし、ふたりでいってこいよ。九けんあるな。だけど、ここは、のきなみぜんぶだ。わけない」

こんなふうに、おチャ公少年は、みんなに新聞をわたした。荷台の上は、たちまちからっぽになってしまった。ここの分だけのこしてきたのだろう。

「まちがえないように、しっかりやるんだぞ。まちがえて、あとで文句《もんく》がきたりしたら、ぜったいにてつだわせないからな。しっかりやれ」

おチャ公少年は、手をこしにあてて、ちょっときびしくいった。それから命令《めいれい》した。

「さあ、やろうども、いってこい！」

わあっと、男の子たちは夕刊《ゆうかん》をにぎって走りさった。それをおチャ公は、大将《たいしょう》のように見おくった。男の子たちは自転車ののぼれない丘《おか》の上の家へ、夕刊《ゆうかん》をくばりに散《ち》ったのだ。

ここへおチャ公が新聞（といっても夕刊《ゆうかん》だけだが）をくばりにくるようになってから、まだ何日もたっていなかった。しかし、六年生で、のっぽのおチャ公のことは、みんながよく知ってい
た。

かけっこが速くて鉄棒《てつぼう》がうまい。つまり、がき大将《だいしょう》だ。勉強なんかたいしてできもしないのに、五年生のときから放送委員もしている。おチャ公は、ラジオのことなら先生よりもくわしい。それで特別《とくべつ》に委員にえらばれていた。

そんなことから、おチャ公とここの男の子たちは、すぐなかよしになった。なかよしになったと思ったら、たちまちこうやって、毎日てつだうようになった。もちろん、おチャ公はむりをいったことはないし、べつにほうびをやるわけでもない。それなのに、男の子たちはあらそっておチャ公の仕事をてつだいたがった。

息をきらした男の子たちが、それぞれあき地に帰ってくるまで、おチャ公はちゃんと待ってい

た。そして、ひとりひとりの頭の毛をくしゃくしゃにしてやってから、手をふってわかれた。

*

「腹《はら》へったなあ、すごくへったなあ」

自転車の上で、おチャ公はつぶやいた。自動車のとおらないせまい道ばかりえらんで、ひょっこりバス道路へでた。駅からだいぶ港のほうへいったところだ。

ゆっくりと左へまがって交差点《こうさてん》で向こうがわへわたった。そこからまたバス道路をもどってくる。さっき、うら通りであった中学生にいわれたとおり、自動車に気をつけているようだった。

やがて、「ミナト電器商会《でんきしょうかい》」というかんばんのついた、かなり大きな店のかどで、左へまがった。海がわへはいる坂道をぐうんとくだって、「ミナト電器商会《でんきしょうかい》」のうら手へまわっていくと、背《せ》の高いトタンばりのへいにそまつな門がある。門はしまっていたが横のくぐり戸があいていた。おチャ公は自転車をおりて、くぐり戸をはいった。

ガッタン、ガタガタン。

自転車が戸にぶつかって、トタン製《せい》のへいがひどい音をたてた。

「だれ」

女の人の声がした。

3

「ミナト電器商会《でんきしょうかい》」はおチャ公のうちだ。店ではテレビやラジオや電気洗濯機《せんたくき》などを売っている。修理《しゅうり》もする。おチャ公がラジオのことにくわしいのもじつはそのためだ。おとうさんに教わって、四年生のときには、もう自分ひとりで、かんたんなラジオを組み立てられるようになっていた。

この店を表通りから見ると、ふつうの二階屋に見える。だが、こうしてうらへまわってみると、三階のようだ。大通りがすこし高いところを走っているので、がけ下の部分をコンクリートブロックでかこんで、ガレージと倉庫《そうこ》に使っているのだ。

その倉庫《そうこ》のうらによせかけて、おんぼろの物置《ものおき》がある。おチャ公のはいってきたのは、その物《もの》置《おき》の前のせまいうら庭だった。あたりはもううす暗くなっていた。

「ばかにおそかったじゃない?」

女の人の声が、上からふってきた。頭の上の物ほし台に、すぐ上のねえさんがいた。おチャ公は三人きょうだいの末《すえ》っ子《こ》で、上ふたりはねえさんだった。

「腹《はら》へったあ」

おチャ公はそんな返事をして、物置《ものおき》の――いや、そこはどうやら、ただの物置《ものおき》ではないようだった。戸にはマジックインクで、へたくそな字が書いてある。大きく「ぼくのけんきゅうしつ」、その下に小さく「たちいりキンシ」。

この場所をおとうさんからもらったとき、おチャ公が書いた字だ。まだ三年生だった。

そのころ、おチャ公は、たった一つしかない二階の子ども部屋から、ねえさんたちにしめだされてしまった。

「ねるときと、お勉強するときのほかは、どこかへいってよ！」

ふたりのねえさんは、そういって、おチャ公を追いだした。おチャ公ときたら、とこでもかまわずにプラモデルをつくったり、紙ねんどをこねたりする。しまいには、とんかちでガンガンはじめたりするからだ。それで、この物置小屋《ものおきごや》があたえられた。中学生になったら、きちんとつくりなおして、ここでねられるようにしてくれる約束《やくそく》だった。

おチャ公は、戸をあけて、パチンとあかりをつけた。中は板の間でたたみ三じょうほどの広さしかないし、天井《てんじょう》も低《ひく》い。だが、なるほどここは「けんきゅうしつ」らしいようすをしていた。

おくのつくえの上には、手製《てせい》の大きなラジオがおいてあって、ビニールのカバーがかかっている。短波放送をきくためのもので、これは外国のアマチュア無線局《むせんきょく》の放送もきこえる。もちろん、おチャ公が作ったものだ。おチャ公は、自分も試験《しけん》をうけて無線局《むせんきょく》の免許《めんきょ》をとりたいと考えている。さきほどの中学生を先生にして、そのための勉強をひそかにつづけていた。

うしろの作業台の下には、作りかけのエンジンつき模型飛行機《もけいひこうき》がある。これは無線操縦装置《むせんそうじゅうそうち》をつけようと思っているものだ。作業台の上は、本や、えんぴつ立てや、ものさしやナイフ・やすり・はんだごて・ねじまわし・ペンチ・針金《はりがね》・真空管《しんくうかん》・ちょうつがい・ビニールテープ、こわれた柱時計、そのほか薬品のびんのようなものが、ごちゃごちゃとならんでいる。ここは、もうすこしせいとんしたほうがいい。

口ぶえをふきながら作業台の前へきたおチャ公は、台のはしにおいてあるハンドル式のえんぴつけずり器《き》に手をかけた。けずりくずを受けるすきとおったひきだしを、むぞうさにひっぱりだしてのぞきこんだ——が、いきなり、そのひきだしをもとにもどした。というより、たたきこんだ。

それだけではなかった。しばらくのあいだ、おチャ公はそのひきだしをしっかりおさえつけていた。そのままおちつかないようすで、目をきょろきょろさせていたが、そっと手をはなし、戸口へもどって静《しず》かに戸をしめた。

それから、こんどはおそるおそる作業台に近づき、まるで、えんぴつけずり器《き》にくいつくようにして、外からのぞいた。中におそろしいものでもはいっているようなようすだった。

やがて顔をあげたとき、おチャ公は目をいっぱいにひらき、こころもち青ざめていた。大きくため息をついて、いすにこしをおろし、じっとえんぴつけずり器《き》をにらみつけていた。

4

さっき、駅まで夕刊《ゆうかん》をうけとりにいったときのことだ。おチャ公の肩《かた》にあたって、ぽとりと足もとに落ちたものがあった。はじめは虫だと思って、おチャ公はふみつぶそうとした。だが、ふと歯車が目にはいったので、そっと指先でつまんだ。

おチャ公は、小さなゴム人形のおもちゃだと思った。人形の足には針金《はりがね》がそえてあって、歯車とつながっている。

ははん、これは人形の足を動かすしかけだな、と思った。

小さな歯車をまわそうとしたがだめだった。しかし、手のひらの上でころがしてみたとき、人形がぴくんぴくんと動いた。

（おや、動くよ。すっかりこわれたわけではないらしいな）

おチャ公はそう考えて、ちっぽけな人形を見つめた。そして目をまるくした。

（すごいや！）

すごい、というのは、おチャ公の口ぐせだ。けれども、このときばかりは、心の底《そこ》からそう思った。

そのちっぽけな人形ときたら、だれがどうやってつくったのか知らないが、なにからなにまで、あきれるほどみごとにこまかくできていたからだった。

(すごい、まるでほんものだ!)

おチャ公はすっかり感心した。人形は目をつぶっているが、そのまぶたはかすかにふるえている。あまりこまかくてよく見えないのだが、まつげまでついているらしい。

(ママー人形のように、目をあけたりとじたりするのかな)

そう思って、人形を二、三度たてにしたり、横にしたりしてみた。けれども、目はあかないで、頭がくらんくらんとゆれた。

(やっぱりこわれているんだ)

いつもなら、そのままぽいとすてるところだが、みょうに気にいったものだから、そっとポケットにしまった。そして、あわててあたりを見まわした。

おチャ公ともあろうわんぱく少年が、そんなちっぽけな人形をだいじそうにしまいこむところなんて、人に見られたらこまる。

(しかし、こいつはよくできているからな)

ABC

そう自分にいいきかせたのだが、ポケットの中がばかに気になった。もって歩くと、つぶしてしまいそうだったし、つぶしてしまうのはもったいない。おチャ公にしては、めずらしくまよったあげく、大いそぎで家へもどって、ひろい物をおいてくることにした。

だれにも見つからずに物置研究室《ものおきけんきゅうしつ》にはいって、ぐるっと見まわした。そのとき作業台にのっていたえんぴつけずり器《き》が目にはいった。えんぴつのけずりくずを受ける、すきとおったひきだしをあけて、その人形をほうりこんだ。けずりくずがちょうどいいかげんにつもっていたし、おもちゃをいためることもないと考えたのだ。

そして新聞の配達《はいたつ》にでていった。

じつをいうと、さっきまでおチャ公はそのことをわすれていた。けれども、バス道路にでたら思いだした。そこで、虫眼鏡《むしめがね》をだしてゆっくり調べてやろうかな、と思いながらもどってきたのだった。

そのおチャ公が、なぜ顔色をかえるほどおどろいたか。

もちろん、おチャ公がおもちゃのゴム人形だとばかり思っていたものは、コロボックルだったからだ。だが、おチャ公はコロボックルなんて知らない。

自分がひろってきた、かわったおもちゃの人形が、えんぴつけずり器《き》のひきだしのけずりかすの上で、いつのまにか歯車も針金《はりがね》もはずしてしまっただけでなく、ゆっくり起きあがって、自分に向かって手をあげたからだ。

おどろかないほうがおかしい。

目のまちがいかと思って、おチャ公は二度めはゆっくりおちついて外から見た。人形は、横になったまま、その小さな手で顔をおおっていた。おチャ公がのぞいているのに気がついて、向こうを向いたのまで、よくわかったのだ。


「おチャちゃん、ご飯《はん》ですよう」

ねえさんの声がした。おチャ公は、あぶなっかしいがたがたのいすにこしかけたまま、その声を遠くのほうにきいた。自分をよんでいるとは気がつきもしなかった。

いきなり足音がして、ガラリと戸があいた。

「おチャ公、早くこないと、ご飯《はん》食べさせないわよ」

高校生のねえさんが、わざわざよびにきた。

おチャ公はびっくりして、とびあがった。

「な、な、なんだい」

「なんだいじゃないわよ。あんなによんだのにきこえなかったの？　いったいなにしてんのよ」

いつもならまけずにいいかえすところだ。けれどもおチャ公は、おとなしく立ちあがった。外へでて戸口をていねいにしめた。

「電気を消しなさい」

ねえさんが、ふりかえっていった。

「うん、でも、おれ、すぐまたくるから」

「ばかねえ。すぐきたって、またつければいいじゃない」

「それもそうだ」

「なにいってんの。それもそうだ、なんて。——あんた、どうかしたんじゃない」

ねえさんは、おチャ公の顔をのぞきこんだ。

「ど、どうもしないさ。ちょっと考えごとをしてたんだ」

おチャ公は、ねえさんのいいなりに、戸口をすこしあけると、パチンとあかりを消した。そして、そのときふと思いついた。

(そうか! あいつはきっと、宇宙《うちゅう》のほかの星から落ちてきたんだ!)

5

そのとき、暗くなった物置研究室《ものおきけんきゅうしつ》の中の、えんぴつけずり器《き》のひきだしで、クルミノヒコ＝

ミツバチ坊《ぼう》やは、ため息をついた。

もずに体当たりしたとき、この勇敢《ゆうかん》なわかいコロボックルは、あとのことを考えているひまはなかった。もずの目をねらったのだが、わずかにはずれた。しまった、と思ったとき、すうっと気が遠くなった。

しかし、ミツバチ坊《ぼう》やが気をうしなっていた時間はほんの短いあいだだった。すぐ気がついて、からだをたてなおした。ところが、くくりつけていたオーニソプターの機械《きかい》が、足をがっちりおさえつけていた。ぶつかったひょうしに、ひんまがったまま動かなくなったのだ。

手だけで風にのるのはむずかしい。おまけに、せなかにはじゃまな歯車じかけを背《せ》おっている。それでも、駅のプラットホームの屋根が近づいたとき、ようやく、ななめに空気をきりはじめた。しかし、やっぱりおそかった。

(だめだ!)

ミツバチ坊《ぼう》やは歯をくいしばって、からだをひねり、あおむけになった。せなかの歯車が、カッとスレートの屋根をこすり、大きくはずんで下へ落ちた。ミツバチ坊《ぼう》やは、また気をうしなってしまった。

そのあと、どうなったかわからない。気がついたら、せまい暗い部屋の中にとじこめられていた。木のかおりのする、ふんわりしたものの上にねかされていた。

ぼんやりしたまま手を動かしてみると、ちゃんと動く。足はだめだった。ぴくりとも動かないばかりか、両足ともまったく感じがなかった。暗い中で手さぐりしてみると、針金《はりがね》にさわった。そのとき、やっとクルミノヒコ＝ミツバチ坊《ぼう》やは、それまでのことをすっかり思いだしたのだった。

（そうだ。ぼくはサクランボ技師《ぎし》を助けようと思って、そして、いや、それにしても、ここはいったいどこだろう）

足が動かないので、横にねたまま、あたりを見まわした。頭の上には、にぶく光る鉄のねじりん棒《ぼう》のようなものが見える。まわりのかべは、すきとおっていて、その外は人間の住む家の中らしい。

（しまった、ぼくは人間につかまったのかな）

ミツバチ坊《ぼう》やは、思わずからだを起こしかけた。しかし、まがらなくなった針金《はりがね》がじゃまで、ろくに起きあがることもできない。

「ちぇっ」

舌打《したう》ちをして、ゆっくり手をのばした。とにかく、この機械《きかい》をはずさないことには、どうにもならない。ミツバチ坊《ぼう》やはこしに手をやって短剣《たんけん》をさぐった。しかし、いつのまにかなくなっていた。しかたなく、長いことかかってようやくあちこちのバンドをはずし、どうにか機械《きかい》をとることができた。足はあいかわらず動かなかったが、いたみもしなかった。

人間につかまったことは、たしかなようだった。もしなかまがここへかくまったのなら、こんなに長いあいだ、ひとりにしておくはずはないだろう。

「さて」

と、ミツバチ坊《ぼう》やはつぶやいた。

「ぼくはどうしたらいいのかな」

あわてたってしようがない。両足が動かないのだから、にげたくてもにげるわけにはいかない。さいわい、このせまいすきとおった部屋の中なら、ねこやねずみにおそわれる心配だけはない。

「汝《なんじ》が不幸《ふこう》にして人にとらえられたるとき……」

ミツバチ坊《ぼう》やは、ぼそぼそとつぶやいた。

「……汝《なんじ》はこの世にただひとりとなるべし」

これは、コロボックルの〝おきて〟にあることばだ。なかまのあることをしゃべってはいけないという意味だ。人間につかまったときから、そのコロボックルは、地からわいたか天からふったか――まさしく、そのとおりだったが――人間にとってなぞの生き物とならなければいけないことを教えたことばだ。だが、おきてではそれだけしかいっていない。

「その先は、どうしたらいいんだい」

ミツバチ坊《ぼう》やは、またぽつんといった。人間につかまったコロボックルは、ここ二百年間ほど、ひとりもいなかったはずだ。だから、どうしていいか、よくわからない。

むかし、小山にいるふしぎな生き物を知った人間たちが、わざわざつかまえにきたことがあって、ふいをつかれたコロボックルのうち、十数人がつれさられたことがあったという。そのとき、大部分は、すぐにげもどったが、足をくさりでつながれたコロボックルが、自分からのらねこの口の中にとびこんでいった話や、自分をかわいがってくれる人に出会って――コロボックルは高い金で、売ったり買ったりされたらしい――すっかりなかよくなり、十年もたってから小山にもどってきた話などものこっている。

ミツバチ坊《ぼう》やは、その話を一つずつ思いだして考えた。

（いっそ死んだふりをしてやろうか）

そう思ったが、あちこちいじりまわされるのもいやだ。どっちにしたって、人間の世界は、コロボックルのことを知って、大さわぎがもちあがることだろう。

ミツバチ坊《ぼう》やはきゅうに悲しくなってきた。これからもう一生、ひとりぼっちになるかもしれないことも悲しく、いま足が動かないことはなお悲しい。

ミツバチ坊《ぼう》やは、木のかおりのするすきとおったかべの小さな部屋の中で、静《しず》かになみだを流した。

そのとき、いきなり明るくなって、人間の少年がはいってくると、自分のはいっている箱をひっぱりだして、のぞきこんだのだった。

6

そのあとのことは、もう話したとおりだ。人間の少年――おチャ公が、青くなってえんぴつけずり器《き》のひきだしをパチンともとへおさめ、しばらく外からながめてから、ぼんやり考えごとをしていた。それからねえさんがよびにきて、でていったが、そのとき、「またすぐもどってくる」といった――。

ひきだしの中のミツバチ坊《ぼう》やは、そのあと、しばらくうとうとした。けずりくずは、ふわふわのベッドのようで、気持ちよかったからだ。しかし、やがて足のいたみで目がさめた。

両足とも、しびれていたのがなおっていた。そのかわり、右の足首がいたんだ。そっとしていればたいしたいたみではないが、ちょっとでも動かすと、ぎくりとする。ミツバチ坊《ぼう》やは帯《おび》をとって、くつの上から足首が動かないように、ぐるぐるまきにした。

＊

ガラッと戸があいて、すぐあかりがついた。おチャ公だった。おチャ公は、ご飯《はん》を食べて、すぐやってこようとしたのだが、おかあさんににらまれて、おそくなった。勉強しないとこわいのだ。おチャ公は勉強なんかきらいだ。いそがしくて、そんなひまはないと思っている。しかしおかあさんは大すきらしい。おチャ公の顔さえ見れば、勉強勉強という。

おチャ公は、あんまりおかあさんが、やいやいいうので、いつからかうまいことを考えた。テストでも宿題でも、奇数番号《きすうばんごう》の問題しか、まともに考えないことにきめたのだ。これだとずいぶんらくになる。

一つおきにやればいいのだから、時間はずっと早い。偶数番号《ぐうすうばんごう》の問題は、てきとうにごまかしておけばいい。時間があればやるし、なければやらない。そのために成績《せいせき》が特別《とくべつ》さがったようすもない。おかあさんも、おそらく先生も知らないだろう。

そこで今夜も、宿題を一つおきにかたづけて、ようやくもどってきたのだった。

すぐに、えんぴつけずり器《き》のひきだしをのぞきこんで、ため息をついた。小さな生き物は、足首をけがしたらしく、自分で手当てをして、じっとしている。

そろそろと、わずかなすきまをあけると、まずミツバチ坊《ぼう》やがからだにつけていた歯車や針金《はりがね》をつまみだした。それから、ぽとりとチーズのかけらを落とした。食料《しょくりょう》のつもりだ。そのつぎ

に用心ぶかく出口を手でふさぎながら、小さな小さなビニールのふくろをいれた。中にきれいな水がぽっちりいれてある。きっと水もほしいだろうと思ったからだ。ふくろの口には、細いビニールのチューブをとりつけてあった。

そのほかに、もう一つ、からっぽのビニールのふくろもいれた。これはなにに使ってもいい。

そのとき、いきなり中の生き物がすきまからとびだした。ミツバチ坊《ぼう》やは、かた足だけで必死《ひっし》ににげようとしたのだ。しかし――作業台の上にたおれた。

あわをくったおチャ公は、両手でさっとすくって、それからつまみあげた。なんていうことだ、コロボックルが人間につまみあげられるなんて！

おチャ公は、まるで毒虫《どくむし》でもつかまえたように、大いそぎでもとのひきだしになげこんだ。そしてぴったりとおさえた。たなの上からビニールのテープをとって、シューッとひきはがし、ひきだしが動かないように、外からはりつけてとめた。

ミツバチ坊《ぼう》やは足のいたみをこらえて、歯をくいしばっていた。やっぱり、あわてないほうがよかったのだ。むりをして、にげようとしたものだから、おチャ公にすっかり用心されてしまった。もっと元気になってからなら、このひきだしだって、中からけとばしてあけられたかもしれないのだ。

おチャ公のほうも、めんくらっていた。とにかく、これで、ほんとうに生きているのがわかった。しかし、こいつはいったい何者だろう。おチャ公は、息をしずめながら考えこんでしまった。

（もしかしたら、おれの頭がどうかしたのかな）

ご飯《はん》を食べながらも考えたし、宿題をしながらも考えた。だが宿題だってちゃんとできたし——一つおきだったが——うちの人も、べつにかわった目で見ているようなふしはない。

（そうすると、やっぱり……）

おチャ公は、たった一つだけ考えついた答えを、もういちど、むねの中でつぶやいてみた。

（やっぱり、ほかの星からやってきた宇宙人《うちゅうじん》なんだ）

それなら話はわかる。見たこともなく、きいたことも——いや、そんな話をなにかの本で読んだおぼえもある。とにかく、宇宙人《うちゅうじん》なら、なっとくできるのだ。どうしたって、それしか、いい答えはないじゃないか。

（きっとそうだ）

長いことかかって、おチャ公は、やっとその自分の答えに自信《じしん》をもった。

それにちがいない！

7

「すごいぞ、すごいことになったぞ」

そうきめたら、思わず声がでた。これがすごくなくて、ほかにどんなすごいことがあるか。おチャ公はじっとしていられなくなって、とうとう、せまい物置研究室《ものおきけんきゅうしつ》の中をカタカタカタカタ、歩きまわりはじめた。

ときどき、えんぴつけずりのほうを見て、どきどきした。心の中には、いろいろな計画がもくもくとわいた。

（星からきた人だ……新聞に知らせるんだ……おれの配達《はいたつ》している新聞の会社に……大特《だいとく》だね……スクープっていうんだぞ。世界的《せかいてき》なニュース……おれの写真はきっと日本じゅうの、いや、世界じゅうの新聞にでっかくのる……テレビにもでるし、映画《えいが》にもでるぞ……こいつといっしょだ。こいつといっしょに新聞にのるんだ……お金だって、きっと——）

おチャ公は、目がくらむような思いで、すぐ電話をかけにいこうかと思った。そして、ふと思いなおした。

（おれは、ものすごい拾い物をしたんだ。ものすごい宝《たから》だ。何十万円？　いや、もしかすると何百万円ものねうちがあるかもしれないぞ。このことを知っているのは、世界じゅうでただひとり……わがはいだ。このおチャ公さまだ……）

おチャ公は、そっといすにもどって考えた。きゅうに、このひろった宝物《たからもの》が人にとられやしないか、と心配になってきた。

（まてよ、うっかり人には話せないな。せっかくおれがひろったのに、おとなのやつらは、さっさと、もっていっちまって、おれのことなんか、頭を一つ二つなでただけで、すませてしまうかもしれない。科学の進歩のためだとかなんとかいって……）

「ちぇっ」

おチャ公は舌打《したう》ちした。だんだん頭がひえてきたようだった。どっちにしても、これはたいへんなことだ。しばらく、ひとりだけのひみつにしておくのもわるくない。それからゆっくり考えて、うまくやるんだ。すごい金持ちになれるかもしれないじゃないか――。

そこで、また、えんぴつけずりの中をのぞき、あちこちすきまがないかどうかを調べた。

「なあ、チビくん。こんなところへとじこめてわるいが、おれ、いま、きみににげられたくないんだ。おれはきみの友だちだ。つまり、友だちになりたいと思ってるんだ。けががなおるまで、ゆっくりここでやすんでくれよな」

おチャ公は話しかけた。この小さな宇宙人《うちゅうじん》に、ことばがつうじるとは思ってもいなかったが、ひとりでに口が動いた。

「さあ、ゆっくりおやすみ」

ポケットから、きれいなハンカチをとりだして――ハンカチがきれいなのは、おチャ公はもっていても使わないからだ――すっぽりかぶせ、つつむようにして四すみをしばった。そして、電《でん》灯《とう》をけすと、静《しず》かに戸をあけて帰っていった。


脱走《だっそう》に失敗《しっぱい》して、がっくりしていたミツバチ坊《ぼう》やは、ほんのすこしだけ安心した。つかまえた少年が、食べ物や水をもってきたばかりか、友だちになりたいといいのこしていったからだ。けずりくずの中から、小さな歯車を一つとりだして、ながめた。これだけは、はずしたときかくしておいたのだ。これも、なにかの役に立つかもしれなかった。

(でも、まだすっかり安心するのは早い)

自分で自分にいいきかせた。あんなことをいったって、本心はわからない。むかしの人間と同じように金もうけを考えているかもしれないし――たしかにおチャ公もそれを考えている――ほかの人間たちに見せられたら、どんなさわぎがもちあがるかわからない。

コロボックルは、わざわざ自分から人間に姿《すがた》を見せることがある。コロボックルの味方をえらぶときだ。しかし、そんなときは、姿《すがた》を見せてもいいかどうか、前々からよく調べておく。

そうやって、せいたかさんも、そのおくさんのママ先生も、コロボックルの姿《すがた》を見た。ちかくおチャメさん——せいたかさんの子——も、見ることになるだろう。この人ならだいじょうぶ、コロボックルを金もうけのたねや科学の標本《ひょうほん》にしない人間だと見きわめたからだった。

しかしこんどはちがう。クルミノヒコ＝ミツバチ坊《ぼう》やは、知らない人間につかまって、とじこめられてしまったのだ。

「汝《なんじ》が不幸《ふこう》にして人にとらえられたるとき、汝《なんじ》はこの世にただひとりとなるべし」

もういちど、ミツバチ坊《ぼう》やは〝おきて〟のことばをくりかえして、あらためて覚悟《かくご》をきめた。にげられるようになるまで、じっとしんぼうしなくてはいけない。

（それにしても、なかまはどうしているだろう。ぼくがいなくなって、大さわぎしているだろうな）

えんぴつのけずりくずをおなかにかけて、いたむ足首を水のはいったふくろにおしつけた。冷《つめ》たくていい気持ちだ。

（サクランボ技師《ぎし》がぶじだといい。こんなことになるのは、ぼくひとりでたくさんだ）

手をのばして、チーズのかけらをひと口食べた。おいしかったが、ひと口でやめておいた。むねがいっぱいで、おなかにはいらないのだ。

長いあいだ、ねむれなかった。自動車の走る音にまじって、遠く波の音もきこえた。クルミノヒコ＝ミツバチ坊《ぼう》やは、もうなかなかった。そして、いつのまにかねむった。

8

——そのころ、コロボックル小国では、百人ものコロボックルがまだ働《はたら》いていた。

コロボックルの城《しろ》の、〝つくえの上広場〟では、世話役のヒイラギノヒコが、ふたりの相談役と話していた。大きな地図がひろげてあった。さきほど、ママ先生がとどけてくれたものだ。

「せいたかさんはね、こういうんだ」

世話役がいった。

「人間につかまっているなら、おそくとも、二、三日じゅうに、人間の世界で大さわぎがもちあがるだろうってね」

「うむ」

相談役のひとり、太ったエノキノヒコがうなった。コロボックル学校の校長先生だ。もうひとりはツバキノヒコ技師長《ぎしちょう》だ。世話役もふくめて、この三人は、まだ青年のようにわかい。しかし、この三人が中心になって、新しいコロボックル小国をつくりあげてきたのだ。

「そうなったとしても、見ごろしにするんじゃないだろうね」

ツバキノヒコが、ととのった顔をしかめていった。クルミノヒコ＝ミツバチ坊《ぼう》やも、ツバキノヒコの部下だった。

「見ごろしになんかするものか」

世話役は、ゆっくりといった。

「なるべく早く助けだすくふうをする。だがむちゃはできないし、わしもゆるさん。とにかくそのときから、われわれと人間たちとは、いままでとちがうあいだがらになるかもしれないのだ。おまけに、それがどんなふうにちがってくるか、いまは見当もつかない。だれもわからないんだ。せいたかさんにも」

「それにしても、あいつが生きて人間につかまっているなら、むしろありがたいんだが」

ツバキノヒコがつぶやくようにいった。それは、三人とも同じ気持ちだった。

「おそかれ早かれ、こうしてわれわれが新しい国をつくっていくうちには、いつか人間たちとも新しい結《むす》びつきをもつようになるんだ。そのことは、わしらだけでも、あらためて、ここで覚悟《かくご》することにしよう」

そういってから世話役は、うしろのほうにいたクマンバチ隊員《たいいん》をよんだ。

「えんぴつをもってきてくれ。それから、だれか駅へいって、サクランボ技師《ぎし》をよびかえせ。かわいそうに、あいつは助手をなくして、気ちがいのようになっているんだろう」

「さっき、わしもそういってやったんだが、もうすこしさがしてみるって、きかないらしい」

ツバキノヒコがいった。ヒイラギノヒコはうなずいて、使いのコロボックルにつけくわえた。

「わしの命令《めいれい》だといえ。もどってやすまないと、承知《しょうち》しないとな。それから、フエフキにも、いちどもどるようにいってくれ。いっしょにこいって」

クマンバチ隊員《たいいん》は、すっと消えていった。

やがてつくえの上には、えんぴつ――といってもしんだけ――がとどいた。もってきたのは、サクラノヒメ＝オハナだった。この子もまだ起きていた。にいさんと、にいさんの助手を心配していたのだ。世話役と相談役は、地図の上で線をひきはじめた。

駅のまわりを三十二のます目にくぎって、番号をつけた。この一つ一つをクマンバチ隊員《たいいん》で、しらみつぶしに調べようというのだった。家も、どぶも、木の上も、どこもかしこも。ところが、残念《ざんねん》なことに、おチャ公の家はその中にはいっていなかった。世話役たちは、思いきって広くとったのだが、そのほんのわずか外がわにおチャ公の家があった。

「おい、オハナ」

エノキノデブ先生が、ふと、ふりむいていった。オハナが、心配そうな顔でつくえの上にのこっているのに気がついたらしい。

「オハナ、もうきみはもどってねなさい。きみが心配したってしようがないよ。みんなでいっ

469

しょうけんめいやってるからね。にいさんも、もうじきもどるだろう」

「はい」

オハナは、すなおにうなずいて、つくえの上からうらの階段《かいだん》（はしご？）をおりていった。人間なら、うしろ向きに、しっかりつかまっておりなければこわいような階段《かいだん》だ。それを、コロボックルは前を向いて走りおりる。細い木のえだに、きざみをつけただけのものを、小さなくぎでとめてあった。

つくえの下についたとき、オハナは物かげから、だれかによびとめられた。

「オハナ、オ、ハ、ナ」

「だれ」

「ぼくさ」

「あら、またあんたたち？」

サザンカ兄弟だった。

9

夕がた、うまく小山にもどったふたごのサザンカ兄弟は、ミツバチ坊《ぼう》やの行方《ゆくえ》は、まだわからないときいて、暗くなると、すぐここにきて、いままでかくれていたのだ。

「ちょっと教えてくれよ」

「なにを」

「ほら、上で、なにを考えてるか、ね」

「あたし、知らないもの」

「さっきは教えてくれたじゃないか」

「ぼくたち、あれから駅までいってみたんだよ。マメイヌ隊《たい》のてつだいをしてきたんだぜ」

「ほんと？」

オハナは、さぐるような目つきになった。

「しかられなかったの」

「ああ、つまり、その――」

「だまって、ぬけだしたのね」

オハナのすんだ目で見つめられると、さすがのいたずらこぞうたちもまごついた。

「じつはそうなんだ。でも、すぐ帰ったよ。駅のまわりをひとまわりさがして――」

「いけないわ」

オハナは、そのままいこうとした。サザンカ兄弟は、あわてて追いかけた。

「待ってくれよ。きみに、きいてもらいたいことがあるんだよ。ぼくたち、ミツバチさんは、きっと人間につかまったんだろうって考えてるんだ」

「それにはわけがあるんだよ。なあ、だから相談にのってくれないか」

いきかけたオハナは、向こうを向いたまま立ちどまった。それから、くるんとふりむいていった。

「いいわ、外へでましょう」

そして、先にたって、小屋から、暗い三角平地にでていった。

星明かりの中で、三人の子どもコロボックルは、いずみのふちの草むらに、もぐっていった。

サザンが、オハナのためにつばきの花びらをひきずってきてくれた。たんぽぽの花の下だった。

「さあ、どんなわけがあるの」

オハナは、つばきの花びらの上にきちんとひざをそろえてすわった。サザンカ兄弟は、その両わきにあぐらをかいた。

「ミツバチさんは、駅に落ちたんだろ？　ところが、あのマメイヌでさえ、短剣《たんけん》しか見つけださなかった。ミツバチさんはかげも形もない。ということは、答えが四つあると思うんだ」

「一つは下水に流されてしまった」

「もう一つは、人間の乗り物の上に落ちて、遠くへもっていかれてしまった。たぶん電車の中か、その屋根の上だ」

「もう一つは、ねこかいぬに食べられた」

「最後《さいご》が、人間の手につかまった……」

オハナは、静《しず》かにうなずいた。

「もう一つあるわ。マメイヌ隊《たい》がまださがしだせないのかも――でも、そのことは、上のみんなもわかってるわ。だから、もうじきクマンバチ隊《たい》が、おおぜい調べにでるのよ。近くの下水も、ぜんぶ調べるでしょうよ。それから、乗り物にのっていったとしたら、これはコロボックルにはどうしようもないでしょう。ミツバチさんが自分で帰ってくるのを待つだけよ。もし生きているなら……」

オハナは、そこで悲しそうにちょっとだまった。

「ねこかいぬに――それなら、あきらめるよりしようがないわ」

「だからさ、その答えはまちがいだと思うんだ。きっと人間につかまっているんだよ」

「なぜなの、なぜそう思うの。人間につかまっていたって生きていなければ、なんにもならないじゃないの」

サザンカ兄弟も、顔を見あわせてだまってしまった。オハナのいうのもむりはないのだ。ちょっと考えただけでも、生きているとは思えなかった。コロボックルが元気でいるなら、人間になんかつかまるはずがない。

「ぼ、ぼくたちはね」

しばらくしてから、ザンカがいった。

「きっと気をうしなっていたか、けがをして動けないでいるところを、人間につかまえられたと思うんだ」

「そんなの、かってよ。虫のいい考えよ」

「なんだい。それじゃあ、オハナは、ミツバチさんが死んじまっていたほうがいいっていうのかい」

オハナは、目をいっぱいにあけて、ザンカをにらみつけた。たちまち、その目になみだがあふれてきてこぼれた。

でも、なにもいわなかった。

サザンが、いきなり横からザンカの頭をなぐりつけた。ザンカはころがってよけながらいった。

「ご、ご、ごめん。そんなつもりでいったんじゃない、ない、ないったら！」

「ばか、どうもおまえはばかでいけない。オハナにあやまれ！」

オハナはうつむいて、そっとなみだをふいた。

「ぼくたち、きっと、人間につかまっていると考えたんだけど、たしかにきみのいうとおり、いいかげんなんだ。でも、まるっきりいいかげんというわけでもないんだよ」

サザンがゆっくり話した。

「あのころ、つまりミツバチさんが落ちたころ、駅にはどんな人間がいたか、ぼくたちは、それを考えた。まず駅で働《はたら》いている人たちがいる。でも、これはもちろんマメイヌ隊《たい》がひとりひとり調べたはずだ。それから電車にのるお客さんがいた。でも、これをみんな調べるわけにはいかない。だから、この中のだれかがひろったとしたら、だめだ。ところが――」

サザンは息をついた。なにをいうつもりか。

10

駅からの帰り道、サザンカ兄弟が人間（おチャ公）の自転車にのってしばらく走ったことをおぼえているはずだ。そのおチャ公少年が、もうひとりの友だちとしゃべっていたのを、サザンカ兄弟はきいている。えくぼのできる中学生とおチャ公との話だ。

――おまえ、さっき駅からきゅうにいなくなったな――。

中学生のほうがそういった。すると、おチャ公はこう答えた。

――おれ、ちょっとうちに用ができてさ、うちによってきたんだ――。

サザンカ兄弟は、そのことをおぼえていたのだ。そのときはなにも気がつかなかったのだが、あとで小山に帰ってきてから、ふたりでいろいろ考えているうちに思いだしたのだという。

「駅にいたんだよ、その子は」

「それで、駅からきゅうにいなくなったんだ。どこへいったのかって、きかれていたからね。そうしたら、用ができて、うちへよってきたっていったんだ」

「ぼくたち、その子がミツバチさんをつかまえて、うちへかくしにもどったんじゃないかって、考えたんだけど」

「大いそぎで、うちへかくしにもどったとすれば、ミツバチさんは、まだ生きているような気がするんだ。どうだろう」

サザンカ兄弟がかわるがわるオハナちゃんに説明《せつめい》した。オハナは、星の光る空を見あげていた。そして、ぽつんといった。

「そんなつごうのいい話って、あるかしら」

それから、またちょっと首をかしげていった。

「その人間の子は何時ごろ駅にいったのかしら」

「それはよく知らない。でも新聞をくばっている子だったよ。だから、さがせばすぐわかる。あしたの夕がた、あの道のところへいって待っていれば、きっとやってくるだろう」

「そう」

オハナは、また長いこと星空を見あげていた。たんぽぽの花のあいだに、青い大きな星が見えた。

(駅にいて用事を思いだした人間なんて、いままでにきっと何百人もいたはずだわ。サザンカ兄弟みたいに、頭からそうきめてしまうと、あとでがっかりするでしょうね)

しかし、たしかめるだけは、たしかめたほうがいいかもしれない。

「世話役さんに知らせてくるわね」

オハナは、ふいにそういって立ちあがった。すると、サザンカ兄弟も、はじかれたように立ちあがった。

「いけない！」

「だめ！」

あきれたようにオハナはいった。

「だっていまの話はほんとなんでしょ。知らせなければ、どうしようもないじゃないの」

「待ってくれよ。知らせるのなら、ぼくたちは自分でいくよ。きっとしかられるだろうけどね。でも、ぼくたち、このことは、自分たちで調べてみたいんだ。だから――」

「自分たちで調べるって、それじゃあ、あんたたち、また小山をだまってぬけだすつもりなの」

「うん。それで、きみにも、なかまにはいってもらいたいんだ。もちろんぬけだすのはぼくたちふたりだけさ。きみは頭がいいから、知恵《ちえ》だけかしてくれればいいんだよ」

「――こまるわ」

おとなしいオハナは口ごもった。

（いけないっていわれてることをするなんて、あたしにはできないもの。なかまには、はいれない）

だまって首を横にふるのを見て、がっかりしたように、サザンカ兄弟は顔を見あわせた。

「しょうがないな」

わんぱく兄弟は、オハナにそのままじばらく待ってくれるように合図して、そっとオハナからはなれると、ふたりでひそひそと相談した。それからオハナの前にもどってきて、こんなことをいった。

「あのね、あと一日だけ、ぼくたちの話をきかなかったことにしてくれないか。どうせ、いまから知らせにいったって、あの人間の子がどこに住んでいるかなんて、わからないだろう。だから、もう一日、あしたの夕がたまで待ってくれ、たのむから」

オハナは、ますますこまった。そんなふうにいわれると、いやとはいえなくなるのだ。

「いいね、あしたまでないしょだ。あしたの夕がた、またここで会おう。そのときゆっくり相談するよ」

そういって、サザンカ兄弟は、むりやりオハナに約束《やくそく》させようとした。オハナは、頭の中でくるくると考えた。

（あしたはクマンバチ隊《たい》も、マメイヌ隊《たい》も、大いそがしなんだわ。この子たちのあてにならない話でじゃましたら、かえっていいけないかもしれない。だからといって、このふたりがかってに外へでてあぶないことをしたら、またたいへんだし……）

そこで頭のいいオハナらしい返事をした。

「いいわ、約束《やくそく》してあげる。だけど、あんたたちも一つだけ約束《やくそく》してくれなきゃだめ」

「ふうん、どんな約束《やくそく》？」

「あたし、いま考えなおしたの。もしあたしがなかまにはいったら、あたしをキャプテンにしてくれる？」

「きみを？」

「そうよ。それで、キャプテンの命令《めいれい》は、なんでもきくって約束《やくそく》してくれれば」

「それはいいけど……」

ザンカがこまったようにいった。

「たとえば、小山をぬけだしちゃいけない、なんて命令《めいれい》するんじゃないだろうね」

「そうね――。それだけは命令《めいれい》しないことにしてあげるわ」

「うん、それならいいよ。なあ、サザン」

「ああ」

ふたりは、しかたなさそうにうなずいた。

ブーンと、かすかな虫のとぶような音がした。コロボックルの城《しろ》に、ヘリコプターがもどったのだ。サクランボ技師《ぎし》だろう。オハナはいそいで城《しろ》にもどった。サザンカ兄弟も小山のやぶの中にかけこんで見えなくなってしまった。

第三章　臨時《りんじ》マメイヌ隊員《たいいん》

1

つぎの日の朝、おチャ公は早く起きて、ねまきのまま、物置研究室《ものおきけんきゅうしつ》へいってみた。ひと晩《ばん》ねて起きてみると、きのうのことは、まるで夢《ゆめ》だったとしか思えなかったからだ。

(おれが宇宙人《うちゅうじん》をつかまえたなんて!)

そんなばかばかしい話があるものか、という気がして、大いそぎで物置小屋《ものおきごや》をのぞいた。

作業台のはしの、ハンドル式えんぴつけずり器《き》には、すっぽりハンカチをかぶせてある。かぶせたのは、たしかに自分だ。とすると、その中には、やっぱり小さな宇宙人《うちゅうじん》がいるのだろうか。

こわごわ中にはいってハンカチをとった。さすがにむねをどきどきさせながら、すきとおったけずりくず受けをのぞくと、おチャ公は深い深いため息をついた。

やっぱり小さな人はいたのだ。

(さあ、どうしよう)

そんなことは、きのうのうちに考えておいたはずだった。それなのに、またおチャ公はそう思った。しばらくつっ立ったまま、えんぴつけずり器《き》をおさえていたが、またそっとのぞいてみた。小さな人は、おチャ公がハンカチをとったとき、目をさましたらしく、小さな目をぱちくりさせ、小さなあくびをして、けずりくずの上にからだを起こした。足は、けずりくずの中にかくれていて見えない。

「お、おはよう」

思わずおチャ公は声をかけた。小さなあくびがとてもかわいらしいと思った。小さな人はちょっと顔をしかめた。それから、まっすぐおチャ公の目を見て、なにかいった。いや、口が動いたのだ。おチャ公は、しゃべったにちがいないと思った。だが、なにもきこえなかった。あわてて、えんぴつをさしこむあなに耳をおしつけた。

「シュル、シュルルルル、ル、ル、ル」

かすかにそんな声がした。小さな人はやっぱりしゃべったのだ。

——こんなところへとじこめて、いったい、ぼくをどうするつもりなんだい——。

クルミノヒコ＝ミツバチ坊《ぼう》やは、おチャ公が耳をつけたのを見てそういった。

もちろん日本語だが、おチャ公にわかってもらおうと思ったわけではない。ひとりごとのようなものだ。だから、ひどい早口だった。

クルミノヒコだって、人間にわかるようにゆっくりしゃべることができる。いまのコロボックルは、そういうしゃべり方をみんな学校で習う。でも、自分をつかまえた人間と、気やすくおしゃべりするつもりはなかった。だから、かってに早口でしゃべった。しかし、それをきいたおチャ公は、てっきりどこか遠い星の世界のことばだと思った。

(すごい、ほんものだ!)

おチャ公のむねの中はかっと熱《あつ》くなった。じいんと、おなかの底《そこ》のほうからかたまりがふくらんできた。息がでないようなへんな気持ちだ。このままでは、どうにも苦しくてたまらない。なにか大声をだしてさわぎたくなった。

「えいっ」

気合いをかけて、空手のまねをした。えいえい、えいっと、十回ほどやっているうちに、ようやくおちついてきた。

「おれは、よほど注意しないといけないぞ」

おチャ公は、うで組みをしていった。

「ほかのやつらに気がつかれないように、用心しないといけない。いつもとかわらないようにしてなくちゃ」

そんなことをぶつぶつつぶやきながら、もう目はなにも見ていないのだ。自分のまわりに七色のにじがうずまいているような感じがしていた。

「大金持ちになれるかもしれないんだ。もう新聞配達《しんぶんはいたつ》なんかしなくたっていいんだ。ほんもののヨットが買えるかもしれないんだからな。みんな、ずいぶんおどろくだろうなあ！」

そう声にだしてつぶやきながら、それでも、しっかりした足どりででていった。

やがて、学校へいくしたくをすませて、またおチャ公は物置《ものおき》をのぞいた。ビニールテープだけでは心配になって、針金《はりがね》のたばをとり、ペンチで切って、ぐるぐるとまきつけた。外にでると、戸にもかぎをかけた。

学校へいってからも、おチャ公はできるだけいつもと同じようにしていた。しかし、ときどきむねの底《そこ》がじいんと熱《あつ》くなるので、そのたびにつばをのみこんだ。あまり静《しず》かにしていてはいけないと考えて、昼休みには思いきってあばれた。鉄棒《てつぼう》で宙返《ちゅうがえ》りをやってみせ、ろくぼくのてっぺんを歩いて校長先生にしかられ、下級生のけんかを見つけてとめにはいり、女の子のなわとびにとびいりして追いだされた。

午後の勉強がはじまると、こんどは心配で心配でたまらなくなってきた。うちにのこしてきた小さな生きている宝物《たからもの》が、自分のいないるすにいなくなったりしないか、死んでしまうんではないかと、そんなことばかり考えていらいらした。

（ああ、おいてくるんじゃなかったな。なにかびんにでもいれて、もってくればよかったんだ！）

おチャ公は、ため息をつきながらそう思った。よほど、学校をぬけだして、うちへ帰ろうかと考えたほどだったが、ようやくのことでがまんした。

おかげで、その日は一日、まるっきりうわのそらですごし、終鈴《しゅうれい》が鳴ると、あとも見ずに学校をとびだしていった。

2

コロボックルの城《しろ》の、つくえのひきだしの中にある小さな学校にも、いらいらしているいたずらこぞうがいた。こっちはふたりだ。サザンカ兄弟は、その日の夕がた、どうやって小山をぬけだそうか、と考えていた。

きのうは、どさくさまぎれに、うまいことぬけだした。ほんとうなら、クマンバチ隊《たい》の見張《みは》りが、小山のまわりをとりまいているし、たいてい見つかってしかられてしまうのだ。帰りは帰りで、せいたかさんの子どものおチャメさんに出会ったものだから、服にくっついて、うまくかくれて帰ってきた。おチャメさんは、自分の肩《かた》で、ちらちらしている虫(?)を二、三度手ではらったが、そのうちにふとひとりうなずいて、もう知らん顔をしていてくれた。どう考えても、この子は、コロボックルのことを知っているようだ。

「でも、きょうはうまくいくかな」

サザンとザンカは、そのことばかり話していた。

「でられさえすればいいわけだ。もどってきたときは、見つかっても、やむをえない」

「でも、そのあと、ばつをくうことになるぜ」

「ああ。たぶん、三日ぐらい地下の町から外へでてはいけないって、いわれるかもしれないな」

「そうなったら、せっかく調べたって、おれたちは手も足もでなくなっちまう」

「うん」

考えこんだのは、兄のサザンのほうだった。しばらく、うで組みをしていたが、やがてうなずいた。

「いいことがある。きょうはひとりだけぬけだすんだ。そして、そいつが帰ってくる時間に、もうひとりがむかえにいく。そのときはわざとうろうろして、見張《みは》りに見つかるのさ。そうすれば、すぐ追い返される。そのあとに、ぬけだしたほうが帰ってくるようにする。おれたちはよく似《に》ているから、もし見張《みは》りが見つけても、『なんだ、まだそんなところにいたのか。さあ、早く帰れ、帰れ』って、小山のほうに追いこんでくれる」

「そりゃあ、うまい！」

ザンカもうなずいた。

「では、おれがぬけだすほうをひきうけよう」

「だめ。考えたのはおれだから、おれがぬけだす」

「そんなのずるい、おれがいく」

「ばかいえ、おれがいく」

ふたりは、ひそひそ声でけんかをはじめた。こうなってはどちらもゆずらないから、せっかくの名案《めいあん》もだめになりそうだった。そのとき、ふたりは校長先生によばれた。

「サザンカノヒコ」

「は、はい」

「ふたりとも、すぐ〝つくえの上広場〟へいきなさい。世話役さんがよんでいるそうだ」

ふたりは顔を見あわせた。

「おまえたち、また、なにかいたずらをしたんじゃないだろうね」

校長先生のエノキノデブ先生がいった。ふたりは、心の中で同じことをさけんだ。

(しまった。きっとオハナのやつが約束《やくそく》をやぶって、みんなしゃべっちまったんだ!)

「さあ、早くいきなさい。上で待ってるよ」

サザンカ兄弟は、だまったまま〝ひきだし学校〟から、つくえのうらがわへでた。かべとつくえとのあいだのせまいすきまにある階段《かいだん》を、ゆっくりとのぼった。どうせしかられるんだ。ちぇっ、オハナのやつ、せっかくキャプテンにしてやるっていったのに。

つくえの上広場には、ヘリコプターの前に、世話役と、マメイヌ隊長《たいちょう》のスギノヒコ＝フエフキと、それから、ほかにもコロボックルが三人ばかりいた。

サザンカ兄弟がおずおずと近づいていくと、世話役が手まねきした。ふたりはうつむいたまま走っていって、それから顔をあげて、まっすぐ立った。しかられるときは、いさぎよくしかられなくちゃいけないんだ。

「きみたちは、きのう、だまって小山をぬけだしたそうだな」

「はい」

「では、ばつとして、臨時《りんじ》のマメイヌ隊員《たいいん》にする」

世話役が思いがけないことをいった。ところが、ふたりともなにをいわれたのかわかっていなかった。だから、とにかく頭をさげてたのんだ。

「それだけはかんべんしてくださあい」

となりにいたスギノヒコがふきだした。

「おまえたち、よくきいていなかったとみえるね。マメイヌ隊員《たいいん》になりたくないのかい。世話役はそういったんだぞ」

「ほんと」

ふたりは目をまるくした。

「それならいいです。ばつをうけまあす」

「よし、それならもうおれの部下になったわけだ」

「はい」

「きょうは、これから、おまえたちふたりに特別偵察《とくべつていさつ》にでてもらう。おれがいっしょにいけばいいのだが、おれはいそがしい。だから、おれのかわりに、班長《はんちょう》をきめておいた。ふたりとも班《はん》長の命令《ちょうめいれい》には、ぜったいにしたがわなくてはならんぞ」

スギノヒコ隊長《たいちょう》はきびしくいった。世話役は、にこにこしてうなずいた。

「はいっ」

サザンカ兄弟は、大声で返事をした。ようやく話のすじがのみこめたのだ。さすがにオハナはりこうだ。約束《やくそく》をやぶったかわりに、ふたりが大いばりで小山をでてつだいができるように、たのんでくれたのにちがいない。

「班長《はんちょう》」

スギノヒコが、うしろを向いてよんだ。ヘリコプターのかげから、小さな班長《はんちょう》がでてきた。

「あれっ」

サザンカ兄弟は、目も口も大きくあけた。でてきたのはオハナだった。オハナちゃんがなかまのキャプテンになる約束《やくそく》は、どうやらそのままらしい。世話役が横からつけくわえた。

「オハナが班長《はんちょう》だ。ほかに、クマンバチ隊員《たいいん》をひとり、護衛《ごえい》につける。ここにいるシイノヒコだ」

「よろしく」

そういって手をふったシイノヒコは、まる顔のやさしそうなコロボックルだった。顔は前から知っていたが、口をきくのははじめてだった。きっと、こういう仕事には、よくなれたコロボックルなのだろう。

「では、班長《はんちょう》、たのんだよ」

スギノヒコがいった。オハナちゃんは、顔を赤くしてうつむいた。サザンカ兄弟は、またおたがいの顔を見た。

(オハナって、ほんとにりこうじゃないか!)

ふたりは目でそういいあって、肩《かた》をすくめた。でも、すっかり満足《まんぞく》していた。

3

「あたしもいっしょにいきたくて……。だから、くわしく話してたのんだの。いけなかった?」
オハナちゃんは——いや、班長《はんちょう》は、サザンカ兄弟にはさまれて階段《かいだん》をおりながらいった。

「そんなことより、ねえ、班長《はんちょう》、これからどうするんだい、いつでかけるんだい」

「いますぐがいいと思うんだけど、どうかしら」

「どうかしらって、よわっちゃうな。班長《はんちょう》はきみだぜ」

オハナのうしろについていたザンカは、じれったがって足ぶみした。そのうしろから、なにか荷物をもってついてきたシイノヒコが、にこにこしながら声をかけた。

「班長《はんちょう》さんはね、すぐに駅へいってみようって考えているんだよ。きみたちの会った人間の少年は、新聞配達《しんぶんはいたつ》をしていたそうじゃないか。だから、きっと毎日駅へ新聞をとりにいくのではないかっていうんだがね」

「ふうん」

いちばん前にいたサザンが立ちどまって感心した。おかげでオハナ班長《はんちょう》は、サザンのせなかに鼻をぶつけそうになった。

「人間の新聞配達《しんぶんはいたつ》は、みんな、駅まで受けとりにいくのかい」

オハナはだまってサザンをつっついた。それから説明《せつめい》した。

「その子は、きのうも駅にいたっていったでしょう。だから、ママ先生の連絡係《れんらくがかり》をしているクリノヒメにきいてたしかめたの」

「なるほど、そうすると、駅で待っていれば、あの道へやってくるまでぼんやり待ってなくてもいいわけだ」

「ええ。でも、しばらく駅にいて、その子がこなかったら、大いそぎで道へいってみるわ」

「うん、それがいい」

サザンがいった。そして、さすがに班長《はんちょう》だけのことはある、と思った。

「ぼくたち、いつでもでかけられるよ。もう朝からしたくをすませてあるんだ」

「では、このままいきましょう。あたしのほうも、すっかりしたくをしてきたから」

オハナちゃんはそういって、ちらりとうしろからついてくる護衛役《ごえいやく》のシイノヒコを見あげた。

荷物をわすれずにもっているかどうか、たしかめたようだった。いっしょにザンカもふりかえってみて、その荷物に気がついた。

「それはなんなの」

シイノヒコにたずねたが、この人のよさそうなコロボックルは、わらっただけだった。オハナ班長《はんちょう》が、かわりに答えた。

「ちょっとした思いつきなの。役に立てばいいんだけど」

「ふうん」

サザンも、それ以上《いじょう》くわしいことはきかなかった。小屋の床《ゆか》におりて、そこから外へ出、小山から、道のほうへかけだしていった。

　オハナは、見かけよりはずっとすばしこかった。サザンカ兄弟は、むきになって走ったが、ちゃんとついてきた。とちゅうで見張《みは》りのコロボックルにも出会ったが、手をあげただけでだまっていた。やっぱりこうやって、どうどうとでていくほうが、ずっと気持ちいい。

（オハナって、なかなかたいしたもんだ）

　サザンカ兄弟は、鼻をふくらませて走りながら、自分たちのあいだにいるオハナ班長《けんちょう》をながめた。ふたりとも、のんきぼうずだから、ただそう考えただけだ。しかし、シイノヒコはちがう。

　シイノヒコは、あたりに気をくばりながら三人の子どもコロボックルのあとを走っていたが、さっきからそのことを考えてむねをいためていた。

（オハナはりこうものだ。りこうものだけど、ほんとうはおとなしい子だ。その子がこんなにいっしょうけんめいになっている。かわいそうなことだ。ミツバチ坊《ぼう》やのこと、この子はよほど気になるらしい。もうほとんど望《のぞ》みはないのに――）

　こうして四人のコロボックルは、たちまち午後の町にはいり、近道のトンネルをぬけて、駅のほうへ消えていった。

　しかし、シイノヒコは、ちょっとだけ考えちがいをしていた。ミツバチ坊《ぼう》やをすくいだす望《のぞ》みはあるのだ。そして、この四人は、その望《のぞ》みに向かって、まっすぐ走っていったのだ。

4

いっぽう、学校からとんで帰ったおチャ公は、かばんをもったまま、物置小屋《ものおきごや》に走っていき、大いそぎで戸のかぎをはずして中にとびこんだ。

作業台のはしのえんぴつけずりの中には——ああ、小さな宇宙人《うちゅうじん》がちゃんといた。ガタガタと大きな音をたててはいってきたおチャ公を、せまいすきとおった部屋の中からながめて、目を、ぱちぱちさせていた。おチャ公はひと安心して、がっくり、いすにすわった。

「やれやれ、心配したぜ、きみ。どうかにげたりしないでくれよな。おなかがすかないかい。パンくずをやろうか、水はまだあるな」

いろいろなことをいっぺんにいって、おチャ公はかばんの中から、給食《きゅうしょく》の残《のこ》りのパンをとりだした。いつもなら、ぺろりと食べてまだものたりないのに、きょうはむねがつまってあましてしまった。

針金《はりがね》をゆるめて、ほんのすこしだけすきまをあけて、パンくずを落としてやると、またビニルテープをぴっちりはりなおした。針金《はりがね》もきつくまきつける。

そのとき、小さな人が、またなにかいったような気がした。

「えっ、なんかいったかい」

――ル、ルルル、ルルルル――。

おチャ公が耳をおしつけると、そんな声がした。ミツバチ坊《ぼう》やは、もうすっかりおちついて、この人間の少年が、ほんのちょっぴりすきになっていた。だから、いま、からかっていたのだ。

――いつまでもこんなところにいれておくなんて、ひどいぞ。にげやしないから、もうすこし広い場所にうつしてくれよ。気がきかないぼうずだな――。

「よわったな。きみのことばは、ぼくにはわからないんだ」

そういいながら、しぶい顔をした。その顔がおもしろかったので、ついミツバチ坊《ぼう》やは、にやにやしてしまった。それを見たおチャ公が、どんなに喜《よろこ》んだか。

「やあ、わらったな！　きみもわらうんだな！　うん、人間はうれしいときやおもしろいときにわらうんだ。悲しくてわらう人は――たまにはいるかもしれないが、まあ、少ないんだぜ。きみは、とにかく気分がいいんだね」

ミツバチ坊《ぼう》やは肩《かた》をすくめた。しかし、こうやってせまいところにとじこめられてじっとしているのは、たいくつでたいくつで死にそうだった。だから、自分をつかまえた人間だろうとなんだろうと、そばにいるとたしかに、うれしかったのだ。

「さあ、きみ、パンを食べろよ。パンを食べるところを見せてくれよ！」

おチャ公はささやいた。でも、さすがにミツバチ坊《ぼう》やは、パンには手をださなかった。すると、ふいにおチャ公は、パチンと指を鳴らした。

「そうだ、いいことを考えたぞ」

そういって、パタパタと物置《ものおき》をでていったが、すぐまたもどってきた。両手になにか、かかえていた。テープレコーダーだった。

おチャ公は、この小さな宇宙人《うちゅうじん》の声を、テープに録音《ろくおん》してみようというのだ。なるほどいい考えにちがいない。

おチャ公は、からだでテープレコーダーをかくして、作業台の下においた。マイクロホンを、えんぴつけずり器《き》の上にのせて、えんぴつをさしこむあなに向けた。そのまま、ビニールテープでとめて、落ちないようにした。

ミツバチ坊《ぼう》やは、おチャ公が動きまわるのをながめていた。なにか、はじめたらしいのは、わかったが、テープレコーダーだとは考えつかなかった。この機械《きかい》は、せいたかさんももっているから、知ってはいたのだが。

「さあ、きみ、なにかいってくれないか」

おチャ公は、すっかり用意をすると、パチンとスイッチをいれた。ミツバチ坊《ぼう》やがだまっているので、なんとか話をさせようと、外からコツコツとたたいたりした。

——うるさいなあ。なにをはじめようっていうんだい。ぼくのことならもうほっといてくれよ。それでなかったら、もっと広いところへだしてくれ。いうことをきかないと――。

ミツバチ坊《ぼう》やは、そこまでいって、やめにした。いくらおどかしたってむだだ。だが、耳にイヤホーンをつけて息をころしていたおチャ公は、ぱっと顔をかがやかせて、スイッチをきった。そして、大いそぎで、テープをまきもどし、レコーダーのボリュームをあげて、音をだした。

「キュル、ルルル、チュルル、ルルッシュルルルル」

テープレコーダーからミツパチ坊《ぼう》やのすごい早口が流れでた。

(しめた)

おチャ公は、うれしくてにやにやした。ミツバチ坊《ぼう》やは、せまい部屋の中でびっくりぎょうてんした。コロボックルにしかききとれない早口を、そっくりまねする機械《きかい》。

(そうか、あの機械《きかい》を使っていたのか)

油断《ゆだん》もすきもありゃしない、と考えると、なんとなくおかしくなったが、それにしてもこのとき、ミツバチ坊《ぼう》やはなかまのことをしゃべらなくて、よかった。うっかりしゃべっていたら、〝おきて〟をやぶることになったかもしれない。

5

おチャ公は、テープレコーダーのスイッチをきり、なにかひとりでうなずきながら、しばらくぼんやりしていた。いや、ほんとうはぼんやりしていたのではなく、むねのおどるのをいっしょうけんめいおさえていたのだった。

「ああ、もうがまんできない。だれかに、しゃべりたくなったなあ！」

やがておチャ公は、声をだしてそういった。そして、また口を一文字にむすんでうで組みをした。

ひみつというものは、ひとりでしまっておくと、だんだん重くなってくるものだ。おまけにおチャ公のひみつはものすごく重みのあるひみつだ。だれか、信用《しんよう》できるものにそっとうちあけて、相談してみたくなったって、ちっともふしぎじゃない。そうすれば、ひみつの重さは半分になるだろう。

（だれに話そうか）

おチャ公はしきりに首をひねった。新聞記者に話すのは、まだ早いような気がする。家族のものになんか、とても話す気にはなれない。学校の先生にも、ちょっと心配。

（こんなときは、友だちにかぎるんだ。友だちの中でも、たのもしくて、頭がよくて、口がかたくて、おれのことをようく知っているやつだ。とすると――）

おチャ公はうなずいた。心あたりがひとりだけある。

「よし」

力をこめて立ちあがった。そして、静《しず》かに物置小屋《ものおきごや》をでて、外からかぎをかけた。そろそろ新聞配達《しんぶんはいたつ》にいく時間だった。なるべく、ふだんとかわらないようにしていなければならない。とすれば、この仕事にもでかけなければならないだろう。おチャ公は、そうするつもりだった。

＊

やがて、自転車にのっておチャ公は、バス道路へ向かって走っていた。サクラノヒメ＝オハナがひきいる特別偵察隊《とくべつていさつたい》の待っている駅へ。

その駅のうら手へ自転車をのりいれていくと、もう新聞店のおじさんたちやなかまたちがきていた。夕刊《ゆうかん》は、毎日三時四十分着の貨物電車《かもつでんしゃ》でこの町へとどく。それを、いちど新聞店へもっていってわけるのがふつうだが、それだとちょっとおそくなる。それで、こうして配達《はいたつ》するものもいっしょに駅へ集まり、駅うらの広場で、自分の受け持ち部数だけ受けとることになっているのだ。

おチャ公は集まっている人の中から、きのう道で出会った中学生の顔をさがした。だが、まだきていなかった。中学校の授業《じゅぎょう》がおわるのは、ちょっとおそくて、ときどき、あの中学生はおくれる。おくれたときは、駅へこないで新聞店へいくことになる。

わかい駅員が、プラットホームをガラゴロひびかせて車をおしてきた。そこから赤や緑の紙につつんだ山のような新聞のたばを、ぽいぽいほうりなげはじめた。

「ほいきた。これはあっちのだ。こいつはおたく。これはうちのだ」

新聞店のおじさんたちが、元気よくかけ声をかけて仕分けをする。待ちかまえていた少年たちは、わっと包《つつ》みにとりついて、なわを切り、荷をひろげる。しばらくのあいだはそうぞうしいさわぎになるのだ。

おチャ公が、きのうクルミノヒコをひろったのは、ちょうどこんなときだった。だれもがむちゅうで新聞をかぞえているから、おチャ公がなにかひろいあげてポケットへしまったことなんかだれも気がつかなかった。

「やあ、おチャ公」

地面にひろげた赤い包《つつ》み紙《がみ》の上で、新聞をそろえていたおチャ公の肩《かた》を、だれかがぽんとたたいた。わらうとえくぼのできる、きのうの中学生だった。

257

「やあ、先輩《せんぱい》」

「ちぇっ」

中学生は、おチャ公の頭をおさえつけた。

「先輩《せんぱい》なんていうなよ、おチャ公」

「いやだよ。きのうはあにきなんていうなっておこるし——そんなことより、ねえ、先輩《せんぱい》、おれ、ちょっと相談があるんだけど」

「そうだん?」

「うん、重大問題なんだ。ものすごく重大なんだ」

中学生は、人のよさそうな、すんだ目でおチャ公をながめた。そして、自分もこしをかがめて、小声でいった。

「だからいわないこっちゃない。うちにないしょで新聞配達《しんぶんはいたつ》なんかはじめるからだぜ。まあ、いいや。おれがいっしょにいって、あやまってやらあ。おれにも責任《せきにん》があるからな」

「そうじゃないんだったら!」

おチャ公は、あわてて手をふった。

「そのことじゃないんだ。でも、先輩《せんぱい》のいうとおり、新聞配達《しんぶんはいたつ》はやめてもいいんだ。——うまくいったらね」

「うまくいったら？　なにが」

えくぼのできる中学生は、ふしぎそうな顔をした。おチャ公は、思わずにやりとした。自分のつかまえた小さな宇宙人《うちゅうじん》を見せてやったら、このおちついた中学生がどんなにおどろくだろう。

「あとで、ゆっくり――配達《はいたつ》がおわったら、おれのうちへきてくれないかい」

「うん、宿題があるが、まあ、いいや。トランシーバー（携帯用短波無線機《けいたいようたんぱむせんき》）の組み立てをはじめるのか」

「いや、あれはまだだ。そんなことより、もっとすごいんだ」

「ふふん、じゃあ、あとでいくよ。しかし、おれ、腹《はら》がへるから、なにか食わしてくれよな」

この中学生は、学校からそのまま新聞配達《しんぶんはいたつ》にきて、それからうちへ帰る。うちは町のおくの山の向こうにある。駅からはだいぶ遠い。

「もちろんだよ」

おチャ公は、大きくうなずいて立ちあがった。さあ、早く新聞をくばってこなくちゃ。

6

サザンカ兄弟たちは、植えこみの木かげになった駅の黒いさくの上にいた。むろん、おチャ公を見つけていた。自転車ではいってきたとき、すぐにサザンカ兄弟が指さして、オハナに知らせた。

「近くへいってみようか」

ふたりはすぐにもとびだしそうにしたが、オハナ班長《はんちょう》にとめられた。

「いけません。シイノヒコさんにお願《ねが》いしましょう」

「いいとも」

シイノヒコは、にっこりうなずいた。

「では、わしのもどるまで、ここを動かないでくれよ、班長《はんちょう》さん」

そういいのこして、さっと消えた。サザンカ兄弟は、いっしょにいきたくてじりじりしたが、オハナ班長《はんちょう》の命令《めいれい》にはしたがわなくてはならなかった。

中学生がきて、おチャ公の肩《かた》をたたいたのも、それからふたりが頭をよせあってひそひそとなにかしゃべったところも、サザンカ兄弟は、じっと食いつくようにながめていた。そこへ、シューッと、シイノヒコがもどってきた。きびしい目つきをしていた。

「どうやら、ひょうたんからこまがでそうだ」

サザンカ兄弟はぽかんとした。オハナはぱっと目をかがやかせた。シイノヒコは、おチャ公とえくぼのできる中学生のひそひそ話を、ぬすみぎきしてきたのだ。

「それ、どういう意味なんだい」

ザンカがおこったようにいった。

「つまり、きみたちのあてずっぽうが、まぐれあたりしたらしいってことだよ」

シイノヒコは、わらいもしないで答えた。

「あてずっぽうはひどい」

サザンが文句《もんく》をいったが、しかし、うれしくてからだがぞくぞくした。オハナも同じ思いだったとみえて、ぶるっと身ぶるいをした。いちど赤くなった顔が、こんどは、さっと青くなった。

サザンは、それを見てびっくりしたが、オハナはしっかりした声でいった。

「そうすると、あの子はやっぱりミツバチさんをつかまえたのね」

「いや、そうはいわなかった。しかし、おチャ公は、――あの子はそういわれていたが――なにかひみつがあって、そのことをあとからきた子に話したいんだそうだ。新聞をくばりおわったら、自分のうちへきてくれって、たのんでいた」

「もしも、そのひみつというのが――」

オハナは息をついていった。

「とにかく、たしかめなくちゃ！」

「そう、たしかめないとね。つかまえたミツバチ坊《ぼう》やを、あの友だちに見せるつもりだとすると、たいへんだ」

「助けにいこう！」

サザンカ兄弟は、勢《いきお》いよく立ちあがった。

「あの子が、ほかの人間にコロボックルを見せる前に、なんとかしなくちゃ。それでないと、きっと人間たちは大さわぎをはじめるよ！」

「わかってるわ」

オハナは静《しず》かにいった。

「でも、そうだときまったわけではないのよ。それに、あの子のうちがどこだかわからないじゃない。自転車にも書いてないし――」

「どこにも書いてない。あっ、もういっちまうな」

おチャ公は、自転車に新聞をつけおわったところだった。

「とにかくあとをつけましょう」

四人のコロボックルは、さくの上からとびおりた。そして、おチャ公の自転車の荷台のかげに、ぱらぱらととりついた。荷物をもっているシイノヒコがあやうく落ちかけたが、サザンカ兄弟がつかまえた。

「やれやれ、ありがとう」

シイノヒコは、ふところから〝くもの糸〟をとりだして（〝あく〟につけたくもの糸はじょうぶだ）、荷物をせなかにくくりつけた。自転車がガタンガタンと動いた。おチャ公が駅から走りだしたのだ。

「こんなとき、せいたかさんか、ママ先生がいるとわけないのにね」

オハナがつぶやいた。

「そうだな。人間どうしなら、ちょっときいてみればいいんだからなあ」

サザンもいった。

「じつをいうとね」

シイノヒコは、そういって、駅のほうを指さした。

「あっちの子なら、わしもよく知っているんだ」

「あっちの子って？」

「ほら、さっきおチャ公に、うちへこないかってさそわれたほうの、大きい子だよ。わしもちょっとおどろいたがね」

「ああ」

三人はうなずいた。

「あの人間の子を、なんでシイノヒコさんが知ってるの」

「わしだけじゃないさ。せいたかさんも、ママ先生もよく知っているはずだ。せいたかさんのうちに、遊びにきたこともあるよ。というのは、かなり前、あの子はせいたかさんのところへ、毎日、新聞をもってきてたんだ。そのあとは、しばらく姿《すがた》を見なかったんだが――」

「ふうん」

「えくぼができるんで、みんなエク坊《ぼう》ってよんでいたっけ。あのころからみると、ずいぶん大きくなったもんだ。あのころというのは、マメイヌをつかまえたころのことなんだよ。なんでも、あの子の先祖《せんぞ》がマメイヌを飼《か》っていたとかいう話だった」

「なるほど」

コロボックルがマメイヌをつかまえたときは、サザンカ兄弟もオハナちゃんも、まだほんの子どもだった。

「でも、あの子はコロボックルの味方ではないわ」

「残念《ざんねん》ながらね」

四人はそういってだまりこくった。四人ともだまって考えこんでしまった。ガタガタゆれる自転車の上で。

7

オハナの考えていたことはこうだった。

――できれば、おチャ公少年よりも先に、おチャ公の家へいって、クルミノヒコ＝ミツバチ坊《ぼう》やが、つかまっていないかどうかを調べたい。つかまっているなら、もちろん助けだしたい。だが、かんじんのおチャ公のうちがわからない。とにかくこのままずっと新聞配達《しんぶんはいたつ》がおわるまでくっついていって、うちがわかったら世話役に連絡《れんらく》しよう。そして、どうしたらいいか、あらためてそこで考えよう――。

サザンの考えはこうだった。

――おチャ公のうちへいったら、なんとかしてクルミノヒコをさがしだしたい。つかまっているにちがいないのだから。きっとびんの中か、箱の中にとじこめられているだろう。よし、勘《かん》のいい自分がさがしてみせる。それにしても、おチャ公少年の家がわかっていれば、いますぐにでもさがしにいけるのにな――。

ザンカはこう考えていた。

――おチャ公に、いますぐ、うちがどこにあるかしゃべらせることはできないだろうか。もし、この自転車が自動車とぶつかって、おチャ公がけがをすれば、きっと人間たちが集まってきて、おチャ公のうちをきくだろう。もっとも、あんまり大けがをしてしまうと口がきけないから――。

ザンカの考えは少々むちゃだ。自分でもそれに気がついて、とちゅうで首をふった。

シイノヒコはこう考えていた。

――あっちのえくぼのできる少年を、コロボックルの味方にできないものか。もしそれができれば、あの子がおチャ公からクルミノヒコを見せられたとしたって、くいとめられるかもしれない。こいつはひとつ、世話役に話してみたほうがいいな――。

そのとき、四人のコロボックルは、荷台にしがみついた。

おチャ公が、急ブレーキをかけて自転車をとめたからだ。

「あぶないなあ」

おチャ公は、道にとびおりて、大きな声をあげた。道路から、おさげの小さな女の子がとびだしてきて、自転車とぶつかりそうになったのだ。

四人のコロボックルは、いっしょに声をあげた。

「おチャメさんだ」

サザンカ兄弟は、きのうもこのあたりでおチャメさんに出会っている。だから、目をまるくした。

「あれ、ランドセルしょってるよ。学校の帰りにしては、ずいぶんおそいね。まだ二年生なのにさ」

「学校の帰りに、どこかへよったんだろ」

そのとき、くちびるをかんでいたオハナは決心した。

このせいたかさんのひとりむすめのおチャメさんは、いずれコロボックルの味方としてみとめることに、きまっている。ただ、あまり小さいうちはむりだというので、コロボックルのほうで待っているのだ。でも、おチャメさんは、コロボックルのことをもう知っているようなところがある。

思いきってオハナは、おチャメさんの小さなカーディガンの肩《かた》にとびうつり、耳にささやいた。

――この男の子のうちはどこだか、きいて！

そしてすぐさま自転車にもどった。おチャメさんは、ぴくっと首をすくめたが、おどろいたようすはなかった。おかあさんゆずりの大きな目をいっぱいにあけたまま、じっとおチャ公を見あげた。

「細い道からでるときは、ゆっくり左右を見てからでるんだぜ。もうちっとで、ふっとばすところだったじゃないか」

おチャ公は、教えるようにいって自転車をたてなおした。

「おれが、自動車でなくてよかったんだ。気をつけるんだよ」

おチャメさんは、こっくりとうなずいた。

それから、まっすぐおチャ公を見あげていった。

「あんたのうち、どこ」

「えっ？」

自転車にのりかけていたおチャ公は、びっくりしてききかえした。

「おれのうち？　そんなこときいてどうするの」

「あんたのうち、どこ」

おチャメさんは、首をかしげて、またきいた。

「へんな子だな。おれのうちは、バス道路を港のほうへいったミナト電器商会《でんきしょうかい》さ。電気屋だよ。それがどうしたんだい」

「どうもありがとう。とびだしてきて、ごめんね」

おチャメさんは、ぺこんと頭をさげると、そのまま、うら通りをとことこかけていった。

「うへっ、へんてこりんな子だな。まさかおれが親にないしょで、新聞配達《しんぶんはいたつ》していることを、うちにいいつけるってわけじゃないだろうね」

おチャ公は、そんなことをぶつぶつつぶやいて、また自転車を走らせた。

でも、その自転車には、もうコロボックルたちはとりついていなかった。とっくに、ミナト電《でん》器《き》商《しょう》会《かい》へ向かって走りだしていたのだ。

8

そのミナト電《でん》器《き》商《しょう》会《かい》はすぐに見つかった。広い店の中では、背《せ》の高い男の人がお客さんに向かって、しきりに冷《れい》蔵《ぞう》庫《こ》の説《せつ》明《めい》をしていた。

「あの人が、きっとおチャ公のおとうさんだな」

サザンがささやいた。たしかによく似《に》ている。ここはおチャ公のうちにちがいなかった。ほかに、女の店員さんがいて、レコードをかけていた。わかいお客さんがふたり、たなによりかかってきいていた。その足もとをすりぬけて、四人のコロボックルは、家の中にはいった。

「とまって」

階《かい》段《だん》のかげでオハナ班《はん》長《ちょう》が命《めい》令《れい》した。

「シイノヒコさんに、あの男の子の部屋がどこにあるか、調べてもらいましょう」

「そんなこと、ぼくだってできるぜ！」

ザンカはすぐにいった。サザンも強くうなずいた。

「そうだ、ぼくたちだってできるんだ。三人でさがしたほうが早いじゃないか」

「でも、ここで待ってましょう」

オハナはがんこだった。

「あとで、きっと働《はたら》いてもらうときがあるわ。それまでは、あぶないまねをしたくないのよ」

サザンカ兄弟は、むっつりとだまった。シイノヒコは、荷物をおいて、二階へあがっていった。

やがて五分ほどたったころ、音もたてずにシイノヒコはもどった。二階からではなく、一階のろうかのおくからだ。

「どこだった」

サザンがきいた。すると、シイノヒコがまた首を横にふった。

「あの男の子の部屋はないらしい。だが、あの子の使っているらしいつくえと本箱はあった」

「そこだ！」

ザンカがいきおいこむと、シイノヒコがまた首を横にふった。

「いや、ついでに調べてみた。つくえの中には――どこにもひみつはないようだ」

「箱の中や、びんの中や、たなのおくなんかは？」

オハナがきいた。

「調べた。ふたのないあきかんが三つあった。中は、ねじと貝がらと、消しゴムとクレヨンだ。

ボール紙の箱とマッチ箱がたくさんあったが、中はみんなからっぽだ。つくえの上の筆箱の中も見たが、からだった。かばんものぞいてみたが、本とノートと筆箱しかない」

「本箱は？」

「うん」

シイノヒコはうなずいた。

「ひみつがあるとすればその中だが、ガラス戸がしまっていてはいれない。外から見たところでは、本がびっしりつまっていて、すきまはないようだ」

「その中だよ！　きっと」

ザンカはかすれ声でいった。

「いってみようよ、もういちど」

「そうね」

オハナも考えながらうなずいた。やっぱりクルミノヒコ＝ミツバチ坊《ぼう》やは、あの男の子につかまったのではないかもしれないのだ。あんまり話がうまくはこびすぎたもの。でも、もうすこしくわしく調べてみたほうがいいかもしれない。

四人は、人けのない部屋へはいっていった。板の間の散《ち》らかった広い部屋だ。かたすみに、つくえといすと本箱があった。そこがおチャ公の勉強するところらしかった。本箱は、どこにもすきまがなく、コロボックルがしのびこむためには、どこかにあなをあけなくてはならない。そのあなをあけるには、おそらく十日はかかるだろう。

「だめだね。もし、ここにかくされたのなら、いまは、どうにもならないね」

サザンがいった。ザンカが戸のすきに口をあてて、するどい口ぶえをふきこんでみた。そして、四人で耳をすましたが、返事はなかった。

「とにかく、世話役に連絡《れんらく》しましょう」

オハナはそういった。四人はその部屋のまどから、はばのせまい屋根の上にぬけた。ペンキぬりのきたないトタン屋根だった。

そこからうら庭のやつでの葉にとびうつり、地面へおりた。おチャ公のらしい古い編《あ》み上《あ》げの運動ぐつがあった。そのうしろをまわったとき、サザンが立ちどまって、上を指さした。

「やあ、あれを見ろ！」

オハナがふりかえった。シイノヒコもまゆをよせて見あげた。ザンカは大きな声で読みあげた。

「ボ・ク・ノ・ケ・ン・キュ・ウ・シ・ツ、タ・チ・イ・リ・キ・ン・シ。ぼくの研究室だってさ。こんなきたないところで、なにを研究するのかな」

「ばか、そんなことじゃない。あの字はへたくそな字だ。子どもの字だ！」

「そうね、『ぼくの研究室』なんて書いてあるわ。きっとあの子の部屋なのね」

オハナも、きゅうに元気づいた。

「はいってみましょう。入り口は？」

「ぼくがさがす！」

「ぼくだ！」

サザンカ兄弟は、はりきって物置小屋《ものおきごや》の床下《ゆかした》にもぐりこんでいった。オハナも、そのあとにつづいた。荷物をもったシイノヒコは、あたりをするどく見まわしてから、そのあとにつづいて消えた。

さあ、とうとうやってきた。

9

えんぴつけずり器《き》の、すきとおったけずりくず受けの中で、クルミノヒコ＝ミツパチ坊《ぼう》やは、あいかわらずたいくつしていた。

なにもしないでいると、だんだんいらいらしてくる。そこで、まずかくしておいた小さい歯車で、かべをけずってみた。外がわから見えるところはいけないので、けずりくずをほって、底《そこ》をひっかいてみたのだ。あまりかたくないとみえて、ひっかくとわずかにきずがつく。

（ひと月かかるか、ふた月かかるか、とにかく気長にやれば、あながあくな）

ミツバチ坊《ぼう》やはそう思った。でも、すぐにばかばかしくなった。自分をずっとここにいれておくとしたって、きっとそうじぐらいするだろう。そのときに、こんなきずがついていれば、もっと用心してしまうかもわからない。

そのつぎには体操《たいそう》をした。足はもうほとんどいたまないが、立つといけない。それでこしをおろしたままの体操《たいそう》だ。それがすむと、チーズをちょっぴりつまんだ。じっとしているので、おなかはすかない。それからまた歯車を手にとって、ぼんやり考えた、空とぶ機械《きかい》のことを。

（あの機械《きかい》は、まったくすばらしい機械《きかい》だった。サクランボ技師《ぎし》はたいしたもんだ。ああ、もういちど空をとんでみたいなあ。ここから小山まできっと近いんだ。あの機械《きかい》なら、そうだ、一分か二分でいけるにちがいない。ブーンとね）

空をとんでいく感じを思いだして、クルミノヒコ＝ミツバチ坊《ぼう》やは、からだをゆすった。それにあわせて足も動かした。そうやって動かすぐらいなら、もう足もいたまない。

「あーあ」

ミツバチ坊《ぼう》やはため息をついた。

「それにくらべて、いまのざまはどうだい！」

また腹《はら》がたってきて、けずりくずをつかむと、かべに向かってたたきつけた――そのとき、するどい口ぶえがきこえた。

はっとして耳をすましたが、もうきこえなかった。たしか、コロボックルが合図を送るときの口ぶえだったように思ったのだが、そら耳だったのかもしれなかった。

（ぼくは、たったひとりになる覚悟《かくご》をきめたんだった。なかまは、ぼくがここにいることなんか、知っちゃいないんだ。助けにくるなんて考えると、あとでがっかり……）

ミツバチ坊《ぼう》やは、ぴくんとして、自分の息までとめて、耳をすました。たしかにまた口ぶえがしたのだ。

（だれかきたのか、ぼくをさがしに――）

ミツバチ坊《ぼう》やのむねは、どきどきしはじめた。あれはコロボックルの口ぶえじゃないのか。

ピーッ。

またきこえた。もうまちがいない。クルミノヒコは片足《かたあし》で立って、上のほうに見える三角のまど（えんぴつをはさむあな）に向かって口ぶえをふいた。

ピューッ、ピューッ、ピューッ。

「あっちだ！　あれだ！」

そんなかすかな声がした。そして、いきなり目の前に、三人の——いや四人のコロボックルがあらわれた。

「いたぞ！　生きてるぞ！　ばんざあい！」

サザンカ兄弟が、はねまわりながら大声でわめいた。ミツバチ坊《ぼう》やも、なにかいおうとしたが、あんまりびっくりしたので、ことばにならなかった。

「静《しず》かに！　おちついて！」

おとなしくてなきむしのはずだったオハナが、しっかりした声でいった。シイノヒコはさすがにおとなだ。さっとえんぴつけずり器《き》のまわりをまわって、クルミノヒコが、このすきとおった箱の中にとじこめられているのを見てとった。

「中にははいれない。テープでしっかりとめてあるうえに、針金《はりがね》をまいてある」

「そうね」

オハナもうなずいた。また青い顔になっていた。

「針金《はりがね》を切って、テープをはがして、すっかり助けだすには、かなり時間がかかるわ。すぐ小山に連絡《れんらく》しましょう！」

「オハナ！」

クルミノヒコ＝ミツバチ坊《ぼう》やが、ひきだしのすきまに口をあて、中から声をかけた。

「オハナじゃないか。いったいどうしてここへやってきた」

「さあ、もう安心よ、ミツバチさん。すぐ助けられるわ」

オハナも、すきまにくっついて答えた。

「どこかけがをしているの」

「ああ、足をやられた、でもだいじょうぶだ。それより、なんだってきた、きみがさたんだい、それに――」

ミツバチ坊《ぼう》やは、オハナの両わきで目をかがやかしているサザンカ兄弟をかわるがわる見くらべた。サザンカ兄弟のことは、坊《ぼう》やも知っている。

「きみたちは、まだ子どもじゃないか。まさか、だまって小山をぬけだしたんじゃないだろうね」

「ぼくたち、きょうだけ臨時《りんじ》のマメイヌ隊員《たいいん》なんだ」

ザンカが、得意《とくい》そうにいった。サザンもうなずいていった。

「ここにつかまってるんじゃないかって、ぼくたちが考えたんだよ、ミツバチさん」

「そうか、ありがとう。で、サクランボ技師《ぎし》はどうしてる」

「おかげで助かったわ」

シイノヒコは、いつのまにかえんぴつけずりの上にのぼり、くもの糸をじょうずに使って、えんぴつをはさむあなに顔をつっこんだ。

「やあ、ミツバチくん、きのうはよくねむったかね」

「やあ、どうも心配かけてすみません」

ふたりは、のんきそうにそんなあいさつをした。

10

シイノヒコは、もってきた荷物をほどいて、その小さいあなからむりやりおしこんだ。

「食べ物も、水もあるようだから、これだけ入れるぞ。わざわざかついできたかいがあったよ」

「なんですか」

ミツバチ坊《ぼう》やは手をのばして、上から落ちてきたものをとりあげた。

「あれ、あまがえるの服ですね」

「そうだよ。きみの寸法《すんぽう》に合っているやつだ。オハナちゃんの考えでね」

「どういうことだい」

　ミツバチ坊《ぼう》やは、オハナに向かってたずねた。

「あのね、あなたをつかまえた男の子がね、あなたのこと、だれかほかの人間に見せようとしたら、その服を着て、あまがえるにばけてほしいの」

　クルミノヒコは、しばらくのあいだ、だまっていた。さっぱり、わけがわからなかったようだ。もちろん、サザンカ兄弟にもわからなかったから、すぐにきいた。

「へえ、なぜそんなことするのさ」

「あとで教えてあげるわ。でも、いまはいそがなくちゃ。ミツバチさん、すぐその服を着たほうがいいわ。もうじき、あの男の子と、友だちがくるのよ。あなたをその友だちに見せるつもりらしいの」

「なるほど、わかったよ！」

　ミツバチ坊《ぼう》やは、そのときになって、オハナの考えがよめた。いたい足をかばいながら、それでもかなりすばやくあまがえるの服を着た。この服は、コロボックルが長い時間人間の前にでているときや、どうしてもじっとしていなければならないような仕事をするときに着るものだ。あまがえるのぬいぐるみのような服で、レーンコートのかわりもする。コロボックルたちは、このあまがえるの服を着たとき、ほんもののあまがえるとそっくりな動きができるように、訓練《くんれん》をうける。むかしからいくつかの〝型《かた》〟ができているから、それほどむずかしいことではない。

いまのミツバチ坊《ぼう》やもそうだ。すっぽりとあまがえるの服を着て、頭もかぶった。よく見ればしわがよっているし、ちょっと足の形がちがうのだが、両手をついてじっとしているところは、どう見ても、あまがえるだった。ミツバチ坊《ぼう》やは、またすぐ頭をうしろへはねのけた。

「足はいたまない?」

オハナがきいた。

「ああ、こうやって、手でつっぱっていればだいじょうぶだ」

オハナはうなずいて、こまかい注意をした。

「あのね、きっとあのおチャ公っていう子、先にそっとあなたを見るわ。そのときはまだ頭をかぶらないで、あなたの顔を見せてやるの。からだは木くずでごまかすといいわ」

「わかった」

ミツバチ坊《ぼう》やはにやっとした。それを見て、シイノヒコがいった。

「班長《はんちょう》さん、わしはひとっぱしり小山へ知らせにいってこよう。ここを動かないようにね、すぐもどるから。用心するんだよ」

オハナはだまってうなずいた。

そして、シイノヒコが床下《ゆかした》へもぐっていくのを見ると、サザンカ兄弟にいった。

「あたしたちは、あっちのたなの上にかくれていましょう」

「よしきた」

三人は、がらくたをならべてあるたなの上にとびあがり、そこの暗いかげの中にこしをおろした。

「いいわね。あの男の子がはいってきたら、あたしが合図するまで、ぴくりとも動かないでね、たのむから」

「うん」

「しゃべってもだめよ」

「うん、命令《めいれい》はまもるよ」

「お願《ねが》いよ」

しばらく、そのまま時間がたっていった。

小さなまどからさしこむ光が弱くなって、すこし暗くなっていた。もうじき夕ぐれだ。

「早くこないかなあ」

ザンカが、しびれをきらしてつぶやいた。

「しいっ」

人声がした。物置研究室《ものおきけんきゅうしつ》の戸の前で、おしゃべりしている。

ガチャガチャ、かぎをあける音がした。

そして、ガタガタと戸があいた。パチンとスイッチの音がして、部屋の中がまばゆいほど明るくなった。電灯《でんとう》がついたのだ。

オハナはサザンカ兄弟の肩《かた》をつっついて、たなのうしろにひっこませた。

＊

「さあ、先輩《せんぱい》、はいってくれよ」

おチャ公と、中学生の先輩《せんぱい》がはいってきた。

第四章 あまがえる作戦《さくせん》

1

オハナがいったとおりだった。おチャ公は、なにげないようすで、作業台の前に近づき、ごみをはらい落とすようなしぐさをしながら、まず、ちらりとえんぴつけずり器《き》の中をのぞいた。

ミツバチ坊《ぼう》やはうまくやった。足のほうには、えんぴつのけずりかすをかけておき、それまでねていたようなふりをして、起きあがって見せたのだ。あまがえるの服は、上半分をぬいであった。

　おチャ公は、安心したようすで、中学生にいった。

「だれにもしゃべらないって、ちかってほしいんだ」

「なにを」

「おれがこれから話すこと」

　中学生は、えくぼを見せてにこにこした。

「いいとも。おれはおまえからきいた話をだれにも話さない。たとえ、おれのおばあちゃんにもな」

「わらいごとじゃないんだ」

　おチャ公が静《しず》かにいった。中学生は、ちょっとおどろいたようだった。

「そうか。よし、おれも本気だ。ひみつはまもる」

「うん」

　おチャ公は、ほんのちょっとのあいだためらった。それから、いすを中学生にすすめ、自分は作業台の上にひょいとこしかけた。えんぴつけずり器《き》を、中学生からかくすようにして。

「あのね、おれ、ずいぶんかわった生き物をつかまえたんだ」

「生き物？」

「うん。いままでだれも見たこともない、どんな学者も知らない、すごいやつ」

「ふうむ」

中学生は、ふしぎそうにおチャ公の顔を見た。

「すると、そいつは、なにかの新種《しんしゅ》ってわけだな。昆虫《こんちゅう》かい」

「いや」

「まさか、じょうだんをいってるんじゃないだろうね」

「ああ、もちろん。おれはまじめだよ」

中学生はうで組みをした。

「——そんな、学者も知らないめずらしい生き物だなんて、わるいけど、おれには信《しん》じられないぜ」

「信《しん》じられなくてもいいよ。いま見せるから」

「どこにいるんだ」

中学生も、さすがにおもしろくなってきたとみえて、いすからこしをうかした。おチャ公は、作業台からぽんととびおりた。そして、ピストルでねらうように、遠くからえんぴつけずり器《き》を指さした。

「あれだ、あの中にいれてある。さあ、見てくれよ」

中学生は、おチャ公の顔とえんぴつけずり器《き》を見くらべながら、作業台に近よった。おチャ公が、なにかひどいいたずらをしかけているのではないかと、うたぐっているような目つきだった。

「おれをからかうつもりかもしれないが、まあ、いいや」

中学生はそんなことをつぶやきながら、えんぴつけずり器《き》をのぞきこんだ。おチャ公は、むねをどきどきさせて待っていた。

しばらくして、中学生が顔をあげた。

「なるほど」

いつもとまるで同じ、おちついた声だった。

「ちょっとかわってるな、たしかに」

「かわって？　――うう、――かわってるとも」

おチャ公は、どういうわけか、のどがからからになっていた。自分がはじめてこの小さな人を見たときと同じように、心をはりつめていたのだが、中学生は、つづけて思いがけないことをいった。

「しかし、このかえるが、そんなにめずらしいものだとは、どうも考えられないな」

おチャ公は、口をぱくぱくさせた。

「か、か、かえる？」

ABC

「うん。こういう小さなあまがえるは、おれなんか、ずいぶんたくさん見てるぜ。指の数でもちがうのかい。それだったら、外にだしてよく見なきゃわからないよ」

「あけちゃだめだ！」

おチャ公は中学生をおしのけた。そして、あわてて自分も、えんぴつけずり器《き》をのぞきこんだのだが……。

いったいどういうことなんだ。ほんとに、小さな宇宙人《うちゅうじん》なんていなかった。ちっぽけなあまがえるが、ぴくんぴくんと、のどをふるわせていた——。

「いつ、つかまえたんだい」

中学生は、のんきそうにいった。もしかしたら、おチャ公の気持ちをきずつけないようにと、気をくばっていたのかもしれない。

「——きのうだけど」

「ふうん。こんなかわいたところにいつまでもおいとくと、すぐ死んじまうぜ」

「だいじょうぶ——水をやってあるから」

おチャ公は、うわのそらで返事をした。

（どうしたんだろう。あいつ、いつのまにこんなかえるにばけたんだろう——）

「水をもういちどかけてやれよ。ばさばさにかわいてるようだ」

「ああ」

うなずきながら顔をしかめた。

（ちくしょう！　ばけやがったんだ、このちびっちょめ！　おれをばかにするつもりか）

まさか、自分のつかまえた小さな宇宙人《うちゅうじん》が、こんな芸当《げいとう》をしてみせるとは考えてもいなかった。こいつらは、姿《すがた》をかえる魔法《まほう》のような力をもっているのか。

「ねえ」

おチャ公は、ようやく気をとりなおして、えんぴつけずり器《き》から顔をあげた。

「このかえるが、じつは、どこかの星からやってきた宇宙人《うちゅうじん》だといったら——ちぇっ、そんなこと信《しん》じるわけないいな」

「ふふふ」

中学生はわらった。

「むちゃいうな。その思いつきはすてきにおもしろいけどな。まんがじゃあるまいし、いくらかわったあまがえるだって——」

そして、たしかに、なんとなくかわったかえるにはちがいない、とつけくわえた。

2

　そのときおチャ公は、この人のいい年上の友だちに、どうやって自分のひみつを説明《せつめい》していいか、わからなかった。どんなに口をすっぱくして、つかまえたときはかえるではなく、小さい人間だったといったって、やっぱり信《しん》じやしないだろう。

　でも、こいつはかえるなんかじゃない。ほんとうは小さな人なのだ。いや、さっきまでは小さな人だったのだ。それがかえるにばけたんだ。

　そんなこと、かえるの姿《すがた》しか見ていない人には、信《しん》じられない話にちがいない。それどころか、あまりこの話にこだわると、きっと、こっちが気ちがいあつかいをされるだろう。

（もしかしたら、おれ、ほんとに気がくるったのかな）

　ふとそう思ったら、うんざりしてきた。

「どうしたい」

　中学生は、心配そうに声をかけた。おチャ公が、額《ひたい》にたてじわをよせてだまりこんでしまったからだった。おチャ公はにやっとわらった。そして、また作業台にとびあがって、ゆっくりこしをおろした。どうもいやな気分だった。中学生のほうだって、きっと同じ気分だろう。わざわざきてもらったのに、へんなことになってしまった。こんなときは、どういってとりつくろったらいいのか。

——このかえるをつかまえたとき、こいつ、とってもかわったとび方をしたんだ。でんぐり返しをうったんだぜ、何度も何度も。おれ、こいつに芸《げい》を教えようと思ったんだ——。

もし、そんなふうに話したら、中学生もわらって信《しん》じてくれるかもしれない。でも、おチャ公は、この友だちをごまかすのが、なんとなくいやだった。年下のくせに、なまいきなところのある自分と、おこりもせずに、つきあってくれている。頭がよくて、ラジオのことも教えてくれる、だいじな先輩《せんぱい》だ。気持ちもおだやかな少年で、ときどきにいさんのような気がする。

だから、おチャ公は、足をぶらぶらさせながらいった。

「おれ、ふざけてるわけじゃないよ。いまでも、この、つまり、かえるのことだけど、すごうくだいじなんだ。でも、なぜそんなにだいじなのか、ってきかれると、とってもこまっちまう。ほんとうは、それをきいてもらおうと思って、きょうはよんだんだけどね」

中学生のほうは、にこにことうなずいた。おチャ公はおチャ公らしくもなく、もごもごとつづけた。

「こいつは——このかえるは、すごいねうちがあるはずなんだ。お金にしたら、何十万円もするかもしれないんだ——わらうかもしれないけど」

「わらわないさ」

中学生はいった。

「もう新聞配達《しんぶんはいたつ》なんかやめてもいいっていってたけど、そんなことなのか。まあ、そいつがほんとうに新種《しんしゅ》のめずらしいかえるなら、お金なんかにはかえられないねうちがあるわけだ。おれが見たってさっぱりわからないけどな、学校の理科の先生のところにもっていって、見てもらったらどうだい」

おチャ公は、しばらくだまっていてから、答えた。話はどうしたってからまわりする。

「だめなんだ。人に、こいつのねうちを知ってもらおうとしても、むずかしいんだ。ただの新《しん》種《しゅ》っていうわけでもないんだから」

（先輩《せんぱい》だって、わからないくらいなんだからね。おれが知っていることを話せば、きっとじょうだんだと思うだろうし――）

おチャ公は、思いもかけない深いやぶの中に立っているような気がした。せっかく星からきた小さな宇宙人《うちゅうじん》をつかまえたのに、それをほかの人にもわかってもらおうとしたら、むやみにややこしく、むずかしくなってしまった。

（こいつが、かえるなんかにばけやがったからだ！）

作業台からおりて、床《ゆか》に落ちていた自分の野球帽《やきゅうぼう》をひろった。そして、静《しず》かにえんぴつけずり器《き》の上にかぶせた。

「まあ、いいや。もうこの話はやめにしよう」

「ああ」

中学生もいった。

「おまえの気持ちはわかるような気がするよ。自分にしかわからないねうちって、あるもんだ。そのかえるも、おまえにとっちゃ、ねうちがあるんだろ。ちょっとばかり幼稚《ようち》だとは思うがね」

「幼稚《ようち》だって！　ちぇっ、そのねうちが——だめだ、もうやめよう。おれ、あきらめた」

中学生は、ふふっとわらった。そして、いきなり大きな声をだした。

「腹《はら》へったなあ」

おチャ公も、ようやくほっとしたように、肩《かた》の力をぬいた。こんなめんどうな話は、もともとすきじゃなかった。

「もうすぐ、なんかもってくるよ。さっきたのんでおいたんだから」

「ありがたい、早くこないかな」

おチャ公が、戸口のほうへいこうとしたとき、外から、ねえさんの声がした。

「ここあけてえ、えさもってきたわよ」

3

おチャ公と中学生は、それからしばらくのあいだ、トーストをぱくぱく食べながら、ミルクコーヒーをがぶがぶのんだ。そしておしゃべりをした。

「おまえ、トランシーバーは、どうするつもりだい。おれのだけじゃ、話ができないしゃないか」

「ああ、あれ、ちょっと先へのばした。もっとすごいものをつくるつもりなんでね」

「すごいものってなんだい」

「オーラーウオーロ」

おチャ公が、口いっぱいにほおばったまま、おかしなことをいったので、中学生がききかえした。

おチャ公は、ごくんとのみこんでからいった。

「モーターボートだよ」

「なんだ、模型《もけい》かい」

「ちがうよ、ちゃんと人がのれるやつだよ。おれ、この夏は、そいつで海をブンブン走りまわってやろうと思ってさ」

「ふうん」

「新聞配達《しんぶんはいたつ》だって――」

そこで、おチャ公は声を小さくした。

「じつはそのためにはじめたんだ。船体は、ボート屋にあるんだよ。ちっぽけなカヌーみたいなやつだけど。ボート屋のじいさんが、去年、自分でつくったやつ。おれ、そいつにエンジンをつけて、モーターボートにしたいんだ」

「そんなことできるのかな」

「だいじょうぶなんだ。その小さいボートだと、ただでかしてくれるんだ。でも、ただこいでいてもつまんないから、エンジンをつけて、モーターボートにしようと思ったんだよ」

「だまってかい」

「ちがうよ。じいさんにその話をしたら、おまえ、自分でつくれるものならやってみろってさ。ばかにしたみたいなこといったんだ。それで、おれは、金をかせいで、エンジンを買おうと考えてたんだけど」

「そりゃ、やめたほうがいいな」

「なぜ」

「子どもがモーターボートのりまわすなんて、はためいわくだぜ。あぶなくてしようがない」

「そうかな、そうかもしれないな」

おチャ公は、めずらしくあっさりといった。たしかに、小さなかえる——いや宇宙人《うちゅうじん》をつかまえてからは、このモーターボート計画も、あまり気のりがしなくなっていた。

（あのかえるのやつ……）

おチャ公は、心の中でつぶやいた。腹《はら》をたてたのではなくて、きゅうに心配になったのだ。もしかすると、もうずっとかえるにばけたままでいるかもしれなかった。こんなことなら、あいつがよわってねてばかりいたときに、ちゃんと写真をとっておけばよかった。あのときならば、まだばける力もなかったのではないか。

「ごちそうさま」

中学生は、手をはたいて、いすから立ちあがった。

「モーターボートなんかやめて、トランシーバーにしろよ。おれのやつ、ちゃんと検査《けんさ》に合格《ごうかく》したんだぜ、電波監理局《でんぱかんりきょく》のな。おまえもつくったら、おれがもっていって、検査《けんさ》してもらってやる」

おチャ公は、すなおにうなずいた。ふたりはガタガタと戸口をあけ、あとをしめずにでていった。

たなの上から、黒いかげがちらちらと落ちてきて、作業台の上を走った。そして、またたなの上にもどった。コロボックルがミツバチ坊《ぼう》やのようすを見にいったのだ。ミツバチ坊《ぼう》やは、もうかえるの服をぬいで、けずりくずの下にまるめてかくしているところだった。

＊

＊

おチャ公はすぐ帰ってきた。気のぬけたような手つきで、えんぴつけずり器《き》の上の野球帽《やきゅうぼう》をとり、だまってのぞきこんだ。そして、あっ、といった。

「こんちくしょう、ちゃんともとどおりになってやがる。あきれたやつだなあ」

まるでうれしそうな声だった。うれしくてうれしくて、どうしていいかわからないような声だった。

「ひでえやつだぞ、おまえは。おれ、すっかりはじかいたぞ。いきなりかえるにばけるなんて、ずいぶんひでえなあ」

そういって、コンコンと、ミツバチ坊《ぼう》やのはいっている、すきとおったひきだしを指でたたいた。

「まあ、いいや。おまえがそんな魔法《まほう》のような術《じゅつ》を使うんじゃ、どうしようもない。だけど、おれはあきらめないよ。いつか、ちゃんと、おまえのほんとうの姿《すがた》を、ほかの人にも見せてやって——」

そいつをたねに、おれは大金持ちになるんだから、といいかけたが、気がひけてやめにした。この小さな人のねうちは、先輩《せんぱい》がいったように、お金なんかにはとてもかえられないような気もしていた。

「さて、どうするかな。食べ物も水もあるし、もう一日、ここにおいとこうか。それとも」

そのあとは、ぶつぶつと、きこえないひとりごとになった。

おチャ公は、こしをかがめて、つくづくとミツバチ坊《ぼう》やをながめた。ミツバチ坊《ぼう》やのほうも、なんとなく親しみがわいてきて、にやっとわらった。

「ちぇっ」

おチャ公は、ぽいっと野球帽《やきゅうぼう》をほうりだし、あかりを消して、ゆっくりと外へでた。こんども戸のかぎはかけなかった。

4

たなの上には、コロボックルが十四、五人も集まっていた。

シイノヒコの知らせをきいて、マメイヌ隊員《たいいん》がかけつけてきたのだった。

スギノヒコ＝フエフキ隊長《たいちょう》も、サクランボ技師《ぎし》も、「コロボックル通信《つうしん》」の編集長《へんしゅうちょう》クリノヒコ＝風の子もきていた。さっき、おチャ公が中学生の友だちを送って外へでたとき、ようすを見に走ったのがサクランボ技師《ぎし》だ。

おチャ公がいってしまうと、ぱらぱらと全員が作業台の上にとびおりてきた。コロボックルは、かなり暗くても目がきくが、燐《りん》のあかりが一つ光っていた。

「さあ、針金《はりがね》を切るんだ！　早く！」

フエフキ隊長《たいちょう》が、はりきって号令《ごうれい》をかけた。

一センチ五ミリほどのたがねをもったコロボックルと、大ハンマーをもったコロボックルが――二つとも、なんて小さい道具だ――五、六人とびだしてきた。

「そんなにいらない。一組でいい」

サクランボ技師《ぎし》がいった。

「なぜだ。針金《はりがね》は三本あるぞ。いっぺんに切ったほうがいいじゃないか」

フエフキ隊長《たいちょう》は、おこったようにいった。しかし、サクランボ技師《ぎし》は、首を横にふった。

「いや、針金《はりがね》は一本だ。ぐるぐるまわしてあるだけだ。一ヵ所だけ切れば、あとはゆるめてはずせるだろう」

「なるほど」

隊長《たいちょう》はにやっとわらった。サクランボ技師《ぎし》のいうとおりだったからだ。

「おれはあわてんぼでいけない。では、一組ずつ、交代で仕事にかかれ」

ひとりがたがねを針金《はりがね》にあて、もうひとりが、大ハンマーをふるってたがねの頭をたたいた。

いっぽうでは、針金《はりがね》の下の、ビニールテープをはがしにかかっていた。ところが、こっちのほうが、むしろ、たいへんな仕事になりそうだった。テープをとるのには思いがけないほど力がいった。はしのほうから、短剣《たんけん》を使ってひきはがし、あなをあけて、くもの糸をよりあわせたロープ——たこ糸ほどの太さ——をとおして結《むす》びつけた。それをみんなでひっぱった。オハナもサザンカ兄弟もてつだった。それでもビニールテープは、なかなかはがれなかった。

コロボックルのうでの力は、十グラムぐらいのものをもちあげる。十五人でかかれば、百五十グラムの力になる。かなりの力だ。でも、このくらいでは、とてもすいすいというわけにはいかなかった。フエフキ隊長《たいちょう》は、あせをふいてどなった。

「あと十人ほど、手のあいたコロボックルをよんでこい！」

コロボックルのひとりが、作業台から床《ゆか》へとんだ。針金《はりがね》を切るハンマーの音が、コチンコチンと、暗い物《もの》置小屋《おきごや》の中にひびいた。

ロープのはしっこにとりついていたサザンカ兄弟は、オハナに向かってしゃべっていた。

「きみ、ねえさんみたいだね。おとなしくて、よわむしだとばかり思っていたけど、ぼくたち、すっかり見

なおしちゃったよ。やっぱり、早く学校を卒業《そつぎょう》しただけのことはあるよ」

オハナは、サザンカ兄弟のほうをふりむいたが、だまっていた。

(卒業《そつぎょう》したわけじゃないったら！)

そう思ったのだが、口にはださなかった。でも、いつものように悲しくなったりはしなかった。

「ああやって、かえるに見せかけて、ぼくたちのことが人間にひろまらないようにするとは、まったくうまい考えだ」

ザンカは、うれしそうにいった。

「どうして、あんなこと考えつくんだろ。ふしぎだな」

「おまえの頭とは、できがちがうのさ」

サザンがそういった。

「オハナは天才だよ。ぼくなんか、前からそう思っていたよ。だから、こんどもなかまに入れようっていったんだ」

「うそつけ。なかまにしようっていいだしたのは、ぼくだぜ」

「ぼくだよ」

「ぼくだ」

「そこの英雄《えいゆう》たち、すこし静《しず》かにしてくれ」

フエフキ隊長《たいちょう》が注意した。たしかに、サザンカ兄弟は、ミツバチ坊《ぼう》やを見つけだした英雄《えいゆう》なのだ。

いつもはこわいフエフキ隊長《たいちょう》でさえ、そういって、ふたりをほめてくれた。サザンカ兄弟は、首をすくめておしゃべりをやめた。

「どうだ、針金《はりがね》はまだ切れないか」

いつのまにか、サクランボ技師《きし》がハンマーをふっていた。

「もうじきだ」

手もやすめずに、技師《ぎし》が答えた。細い針金《はりがね》だったが、コロボックルから見れば、ずいぶん太い。それでも、いっしょうけんめいだから、ぐんぐんたがねはくいこんでいった。

ミツバチ坊《ぼう》やは、動きまわるなかまたちを、中から静《しず》かにながめていた。もう助かったのと同じだった。こんなふうに、うまく助けられるなんて、考えてもいなかった。つかまったのはついきのうだが、まるで、十年も前だったような気がした。

(やれやれ、ひどいめにあったが、これでどうやら、今夜は、ゆっくり、自分の国でねられそうだな)

しかし――そうはいかなかった。フエフキ隊長《たいちょう》が合図をして、さっと、コロボックルたちをたなの上にもどした。のこった自分は針金《はりがね》につかまって、ビニールテープにとりつけたくもの糸をはずし、はがしかけたテープを足でけって、またそっとはりつけた。そしてえんぴつけずりにとびあがると、そこのあなから、ものすごい早口で、ミツバチ坊《ぼう》やにいった。

「あの少年が、ここへもどってくるそうだ、くそ！　安心しろよ。ちょっと早いかおそいかのちがいだ、そのまま待ってろ！」

そういいのこすと、くもの糸をつかんだまま、みごとな速さでたなの上にかくれた。

5

さっと戸があいて、あかりがついた。おチャ公が、ゆっくりはいってきた。すぐにえんぴつけずり器《き》に目を近づけた。

ミツバチ坊《ぼう》やは横になっていた。

(針金《はりがね》のきずに、気がつきやしないかな。テープのはげかかっているのには？)

ミツバチ坊《ぼう》やも、たなの上のコロボックルたちも、いっしゅん、そう考えた。だがおチャ公はうなずいただけで、野球帽《やきゅうぼう》を手にとると、またすっぽりとかぶせた。

それから作業台の下にかがみこんで、なにかひっぱりだした。テープレコーダーだった。さっきはわすれていたのだが、ご飯《はん》を食べていたら思いだしたのだ。

先輩《せんぱい》に、あの声をきかせてやればよかったかな、と、そのとき考えた。でも、やっぱり、ほかの人は信用《しんよう》しないだろう。たぶん、かえるの声にしてはおかしな声だと思うだけだ。いや、もしかしたら、かえるの声なんかではなく、おチャ公がべつの音をとって、かえるの声だといいはっていると思うかもしれない。

（なんて、ややこしいんだろ）

おチャ公は、テープレコーダーのコードをつなぎ、スイッチをいれた。そして、つまみをまわした。

コン、コン、コン。

いきなりするどい大きな音がでた。これはおチャ公が小さな人になにかしゃべらせようとして、えんぴつけずりをたたいた音だ。それから、ちょっとあいだがあって、声がした。

「キュルルルル、チュルルル、ルルッシュルルルルル」

パチン、と、おチャ公はテープをとめた。そして、またまきもどした。たったこれだけだ。これがかえるの声だといったら、だれだって、首をかしげる。

「でも、かじかっていう、かえるもいるからな」

おチャ公はつぶやいた。かじかの声は、いつかラジオできいたことがある。リー、リリリ、と、すばらしい声だった。とてもかえるとは思えなかった。だから、もっとかわった鳴き声をだすかえるがいたって、ちっともふしぎじゃないじゃないか。

「へっ、ばかばかしい」

おチャ公は、自分がいっしょうけんめいになって、この声はかえるの声だ、という〝いいわけ〟を考えていたのに腹《はら》をたてた。

問題はそんなこっちゃないよ。かえるなんかじゃなくて、小さな人なんだ。そいつの声なんだ。

（なんてむずかしいんだろう。自分だけしか知っていないねうちを、まちがいなく人にもわからせるというのは。だけど、おれがうんとえらくなって、みんなが尊敬《そんけい》するようになれば、おれのいうこともみんなが信用《しんよう》するね、きっと）

しかし、いつになったらえらくなれるのか、自分にはわからない。どっちみち長い長い年月がかかるし、きらいな学校の勉強も、もっともっとしなくちゃならないだろう。考えただけでうんざりする。うんざりするけど、やっぱりそうならなければいけないかもしれない。

おチャ公は、またパチンとスイッチをいれた。そして、こんどは、ふと思いついて、リールをゆっくりまわすつまみをひねった。小さな人の声は、あまり短くて、つまらないと思ったからだ。ゆっくりまわせば、声が低《ひく》くなって時間も長くなる。

ゴイン、ゴイン、ゴイン。

おチャ公がえんぴつけずりをたたいた音が、そんなふうにひびいた。そして、とうとうきこえてきた。ものすごい早口で、だが、おチャ公にもなんとかききとれる早口で、こんなことばがとびだしてきた。

「ウルサイナアナニヲハジメヨウッテイウンダイボクノコトナラモウホッポットイテクレヨソレデナカッタラモットヒロイトコロヘダシテクレイウコトヲキカナイト」

「な、な、なんだ」

おチャ公は、みっともないほどおどろいた。テープレコーダーにしがみつき、大あわてでリールをとめた。ぶるぶるふるえる手でまきもどすと、またゆっくりまわした。こんどはひとこともききもらすまいと、しんけんな顔つきだった。

「ウルサイナア　ナニヲハジメヨウッテイウンダイ　ボクノコトナラ　モウ　ホッポットイテクレヨ　ソレデナカッタラ　モットヒロイトコロヘ」

プツン、と、おチャ公はもうきいていられなくなって、スイッチをきった。いすのうしろにがっくりよりかかって、肩《かた》で息をした。

「うへえ、うへえ、うへええ」

そんな声しかでない。しばらくはちらちらと野球帽《やきゅうぼう》のほうを見ていたが、ようやく手をあげて、ぽうんとはねのけた。

「やい、おまえは、いったい何者だ。おれのいうことだって、ちゃんとわかっているくせに、ひでえやつだ。さあ、なんとかいえ。おまえはどこからきたんだ。どこの星から落っこってきやがったんだ。それとも、もともと地球にいたのか。さあ、はっきりしろい！」

6

えんぴつけずりの中のクルミノヒコ＝ミツバチ坊《ぼう》やは、にがわらいをするよりほかなかった。自分の油断《ゆだん》から、なぞの生き物の正体が、ちょっぴりばれてしまったのだ。

（そんなに、あわてるんじゃないったら）

ミツバチ坊《ぼう》やはそう思った。この人間の少年が、根は正直でさっぱりした心をもった子だとは、もうよくわかっていた。だからといって、むやみに親しくするわけにはいかないのだ。だって、もうすぐ、自分はすくいだされて、小山へもどることができる。もう〝ひとりぼっち〟ではない。

そのくせ、このままつきはなしてしまうのは、なんとなくかわいそうだった。気をうしなっている自分をひろって、ともかくも、水と食べ物と、静《しず》かにねむれる場所をあたえてくれた。

ミツバチ坊《ぼう》やがこまっているのと同じように、たなの上にいたコロボックルたちもこまっていた。

「あいつ、いつのまにか、あんな機械《きかい》をしかけていたんだな。だから、いまの人間はあぶなくて

しようがないんだ」

マメイヌ隊長《たいちょう》は、ぶつぶつ文句《もんく》をいった。

「そのくらいしかたがないさ。しかし、オハナの考えで、あの人間ひとりしか、ひみつを知らないのはよかった。うまく、くいとめたもんだ」

そういったのは、コロボックル通信《つうしん》の編集長《へんしゅうちょう》だった。

「あの声を、たくさんの人間にきかせたらどうする」

「かまわないさ。だれも、われわれの声だなんて、考えつくもんか」

「なるほど」

フエフキ隊長《たいちょう》はうなずいた。

「それにしてもよわったな。見ろ！　あの少年はなにかはじめたぞ」

そのとおりだった。おチャ公は、作業台の前にかがみこんで、えんぴつけずり器《き》についているねじを、はずしにかかっていた。

ねじはすぐにとれた。おチャ公は、そっとむねにかかえて、あたりを見まわした。それから、いきなり、コロボックルたちのかくれているたなに手をのばした。

ふいをつかれて、作業台にとびおりたコロボックルもあったが、さいわいおチャ公は気がつかずに、たなのおくから、ブリキのかんをひきずりだした。牛の絵のついた、大きなミルクのかんだ。

作業台の上にえんぴつけずり器《き》をおくと、あきかんのふたをポコンととり、さっとさかさまにした。くぎやねじや、ラジオのつまみのようなものが、いくつかころがりでてきた。

まず、おチャ公は、かなづちとくぎをとりだし、ひどい音をたてて、そのあきかんのふたに小さなあなをいくつもあけた。それからそのあきかんの中に、すっぽりとえんぴつけずり器《き》を入れた。それを見たコロボックルのひとりが、フエフキ隊長《たいちょう》をはげしくつっついた。

「いけない！　あれでふたをされたら、助けられなくなる！　隊長《たいちょう》、やっちまおう！」

「待て」

隊長《たいちょう》は、さすがにおちついていた。「やっちまおう！」といったのは、クマンバチ攻撃《こうげき》をしようという意味だった。くまんばちの毒《どく》をぬった針《はり》で、人や動物をさすのだ。むかしから、コロボックルが最後《さいご》の切りふだにしている攻撃方法《こうげきほうほう》だった。手や足なら、まあたいしたことはないが、目をやられたらつぶれてしまう。しかし、クマンバチ攻撃《こうげき》は世話役の許《ゆる》しがなければできない。

「ころされるわけじゃないんだ。空気あなもあけたじゃないか。あんなうすっぺらなかんなら、おれたちでもあなはあく。ミツバチも元気でいるんだし、あわてるな。それに、われわれには味方がある」

そうだった。人間にコロボックルの考えをつたえたいとき、コロボックルの味方がその役目をひきうけてくれるのだ。もうちょっとでミツバチ坊《ぼう》やを助けられたのに、だめになってしまうのはくやしいが、しかし、ここにいるのがわかれば、どんなことをしたって、すくいだせるじゃないか。

「クマンバチ攻撃《こうげき》はゆるさない。しばらくようすを見るんだ」

隊長《たいちょう》はきびしくいった。だが、そのとき隊長《たいちょう》の横をすりぬけて、作業台へとびおりていったものがあった。そのすばやい小さなかげは、ちょうどおチャ公がふたをしめようとしたときに、ほんのわずかのすきまからかんの中へとびこんだ。

そのあとで、パシッとふたがしまった。

「だれだ!」

おしころしたするどい声で、フエフキ隊長《たいちょう》はいった。

「だれだ、かってなまねをしたやつは!」

「すまん。オハナらしい」

サクランボ技師《ぎし》の声がかえってきた。

「とめようとしたんだが、まにあわなかった。すまない。あいつは、あのミツバチ坊《ぼう》やのこと、ひとりにしたくないらしい」

フエフキはなにもいわなかった。だまってサクランボ技師《ぎし》の肩《かた》をたたいた。風の子編集《へんしゅう》長《ちょう》が、そっとサクランボ技師《ぎし》にささやいた。

「オハナのことだ、なにか考えがあるんだろう」

「うん。でも、あいつ、まだ子どもだから――」

するど、横から口をだしたものがいた。

「いや、オハナはたよりになるコロボックルだ」

いつのまにきていたのか、世話役のヒイラギノヒコだった。クマンバチ隊員《たいいん》をつれて、応援《おうえん》にきたのだろう。

「どうせあしたの朝になれば、あの少年はかんのふたをあけるさ。オハナは、そのときににげればよい」

世話役は、低《ひく》い声でいった。

7

おチャ公が、自分のたいせつな宝物《たからもの》を二重にしまいこんだのは、べつに針金《はりがね》やビニールテープを調べたからではない。テープレコーダーの声をきいて、ますますだいじにしなければ、と思ったからだ。

なにしろ、あいてはかえるにばけたりするくらいだし、どんな方法《ほうほう》でにげだすかわからない。それで、厳重《げんじゅう》にしまった。あしたになったら、この小さなふしぎな人のいうとおり、もうすこし広い場所にうつしてやるつもりだった。でも、いまはどこへどんなふうにしまったらいいかわからなかったので、そのままかんの中にいれたのだ。

「今晩《こんばん》だけ、これでしんぼうするんだぞ、かえるくん。ただし、これはいじわるしてるんじゃないよ」

そういって、作業台の上にかんをおくと、ようやくこしをあげた。何度もふりかえりながら、あかりを消してでていった。こんどは、外からかぎをかける音がした。

「いっちまった」

ぼそりと、たなの上でだれかがいった。コロボックルたちは、またぱらぱらととびおりてきた。人数は二十五、六人にふえていた。だが、人数はふえても、こうなっては、もうどうしようもなかった。

あきかんの上にも、世話役のほか、五人ばかりがとびあがった。世話役は、すぐさまひざまずくと、空気あなから、まっ暗なかんの中に向かってよびかけた。中から返事があった。

「はいっ」

「オハナか。中はどうだ。だいじょうぶか」

「世話役さんですか。かってなことをしてごめんなさい」

「まあ、いいよ。きみはあしたの朝でられるだろうよ。しかし、なにか考えがあったのかね」

「いいえ――とにかく、むちゅうだったんです。ミツバチさんのそばに、だれかがついていたほうがいいと思って――」

「そうか。では、話しあいてになってやりなさい。どっちにしても、ミツバチはかならず助けだしてやるからね。それは心配しなくていい。わしらを信《しん》じてもらおう」

「あの、世話役さん」

中からオハナの声がはねかえってきた。すぐ、あなの下にいるらしい。

「なんだ」

「あたし、さっき人間の少年たちが話してるのをきいて、思いついたことがあるんです。夜のうちにラジオを一組くださいませんか。そうすれば、せいたかさんのもっている、――ほら、小型《こがた》の無線機《むせんき》があるでしょう。あれで、はなれたところからでも、ミツバチさんに連絡《れんらく》できると思いますけど」

「トランシーバーか」

世話役はそういって、うしろにいたサクランボ技師《ぎし》をふりむいた。

「この中まで、電波がとどくかな」

「かんの中にいるうちは、たぶん、あまりよくきこえないでしょう。えんぴつけずり器《き》だけなら
だいじょうぶですが」

「よし。では、とどけさせよう。しかしオハナ、くれぐれもあの少年に見つからんようにな」

「わかりました」

「今晩《こんばん》から、ここにも見張《みは》りをつけておく。なにかあったら、合図しなさい」

「はいっ」

世話役は、かんの上で立ちあがった。そして、となりにいたスギノヒコ＝フエフキ隊長《たいちょう》にいった。

「どうやら、せいたかさんの仕事になってきたようだ。きみたちには見張《みは》りをたのむ。あまりむりをしないように。だが、しっかり見はっているんだぞ」

隊長《たいちょう》はだまってうなずいた。もちろんそのつもりだった。世話役たちがひきあげていくと、かんの上にひとり、かんの下にふたり、隊員《たいいん》をおいた。

「あとのものは、みんなで綿《わた》くずをさがしてきてくれ。できるだけきれいなやつだ」

隊員《たいいん》は、わけもきかずに散《ち》っていった。やがて、みんながひとかかえずつ、どこからか綿《わた》をもってきた。隊長《たいちょう》は、かんの上でその綿《わた》をうけとり、細長くして、空気あなから中へ落とした。

「オハナ、おまえのふとんだ。これっぽっちじゃたりないかもしれないが、ないよりはましだろ

う」

「ありがと！」

オハナのうれしそうな声が返ってきた。

「ついでに、おれの上着もかしてやる。あとで返してくれよ」

「はあい」

「ポケットに食べ物がはいっている。もし、のどがかわいたら、いつでも知らせろ」

そういいのこして、あらっぽいくせに、よく気がつく隊長《たいちょう》は、ぽいと、かんの上からとびおりた。

8

まっ暗なかんの中で、オハナはもそもそと、自分の席《せき》をつくった。いくらコロボックルの目がいいといっても、こう暗くてはなにも見えない。

「オハナ、あんまりむちゃなことをするなよ」

ミツバチ坊《ぼう》やのほうが、かえって心配して、中から声をかけた。ひきだしのすきまに口をつけてしゃべると、よくきこえるのだ。

「いいの。あのときは時間がなかったから、あたしがとびこんできたのよ。ほかの人にたのむひまがなかったんだもの」

「うん。たしかにだれかそばにいると、とっても心づよいよ」

「でも、あたしみたいなよわむしの女の子じゃ、たいして心づよくもないでしょ」

いつものオハナなら、こんなことはいえない。オハナはおとなしくて気が弱いから、年上のミツバチ坊《ぼう》やといっしょに仕事をしていても、ろくにおしゃべりもできなかった。それが、いまはへいきだ。もしかしたら顔が見えないからかもしれない。

「心づよいさ。なにしろ、すばらしい頭の持ち主がそばにいるんだからな」

ミツバチ坊《ぼう》やがいうと、オハナはだまった。

「それに、このかんの外には、なかまもいるんだし、きのうの夜のことを考えたら、まったく！」

天国にいるみたいだよ、と、ミツバチ坊《ぼう》やはいいたかった。いまになってみると、たったひとりですごした夜はやっぱりつらかった。なきむしだったのはオハナではなく、ミツバチ坊《ぼう》やのほうだった。

「寝床《ねどこ》はできたかい」

「できたわ。でも、ねむれっこないわ」

「いや、ねたほうがいい。ぼくのことはもう心配してくれなくてもだいじょうぶだよ」

「足はいたむ?」

「もうほとんどいたまないんだ。でも、まだ走れないだろうね」

「きっと、せいたかさんがうまくやってくれるわね、あしたになれば」

ふたりはしばらくだまった。かんの上を、見張《みは》りのコロボックルが動いている、かすかな音がした。

「ぼくは、もういちど、どうしても空をとびたいと思うよ」

ミツバチ坊《ぼう》やがぽつんといった。

「こんなめにあっても?」

「もちろんさ。こんどのことは、ぼくがむてっぽうすぎたんだ。もうすこしおちついていれば、こんなひどいめにあわなくてもすんだはずだからね」

「いいえ。あなたは、うちのおにいさんを助けたんだわ」

オハナは力をこめていった。

「どうしようもなかったんだわ。あなたが体当たりで助けてくれなければ、にいさんは死んでいるか、大けがをしたか、でなければ、いまのあなたのように、人間につかまってとじこめられているかしているでしょう」

こんどは、ミツバチ坊《ぼう》やがちょっとだまった。なんと答えていいか、こまっているようだった。

「まあ、いいや。とにかく、ぼくはみんなにめいわくをかけちまった。こんなことがあっても、世話役さんは、空とぶ機械《きかい》をつくるのをやめさせやしないだろうね」

「やめない、と思うわ。そんないくじなしじゃないもの」

「うん、それで安心した」

顔が見えないまま、ふたりはため息をついた。

そのとき、ふいに頭の上からマメイヌ隊長《たいちょう》のフエフキの声がした。

「おい、ラジオがとどいたよ。とりつけかたは知っているんだろうね」

「わかっています」

「よし、すぐやってくれ。もうじき、せいたかさんがためしに電波をだしてくれるはずだ」

ちらちらと燐《りん》の光がもれてきた。オハナはえんぴつけずり器《き》の上にのぼって、せまいあなから部品をうけとった。部品といっても、目に見えないような、細い長い針金《はりがね》と、とめ金が二つ、アンテナが一本だけだ。

もちろん人間の使うラジオとは、まるでちがう。細い針金《はりがね》は、ぐるぐるおなかにまきつけ、とめ金でとめる。一方のはしは手にもつ。口にくわえればなおいい。もう一方のはしは、とめ金を使ってアンテナにつなぐ。

オハナは、うけとった部品を、えんぴつけずり器《き》の中のミツバチ坊《ぼう》やにわたした。

「きっちり十九回と四分の一まくんだっけね」

上着をぬいだミツバチ坊《ぼう》やは、つぶやきながらゆっくり仕事をした。それが、せいたかさんのもっているトランシーバーにあわせる方式なのだろう。

「できたら、スイッチをいれてみろ」

フエフキ隊長《たいちょう》がいった。しばらくして、オハナがかわりに答えた。

「なにもきこえないそうです」

「そうか。やっぱり、かんの中にいるうちはだめなんだな。せいたかさんもそういっていた」

「ちょっと待って！」

オハナがいきなりいった。ミツバチ坊《ぼう》やは針金《はりがね》のはしを口にくわえなおした。

しばらくたってから、オハナは報告《ほうこく》した。

「かすかにきこえてるそうです！」

「なんていってる」

「しっかりがんばれって。ちゃんと助けてあげるって、そういってるらしいけど、遠くてよくききとれないそうです」

それにしても、コロボックル式テレパシー＝ラジオは、すばらしい性能《せいのう》をもっているようだった。

9

せいたかさんは、小山にある自分の家の前で、トランシーバーのアンテナをひっこめた。

「とどいたかな。ブリキのかんの中だとすると、いくらコロボックル式ラジオは性能《せいのう》がいいといっても、むりだろうな」

そんなひとりごとをいっていた。いやひとりごとではなかった。右の肩《かた》には、世話役のヒイラギノヒコ、技師長《ぎしちょう》のツバキノヒコ、それと「コロボックル通信《つうしん》」の編集長《へんしゅうちょう》で、せいたかさんの連絡係《れんらくがかり》もかねているクリノヒコ＝風の子がのっていた。

「とにかく、あしたの午後にはなんとかする。そのおチャ公っていう子が学校から帰ったら、なんとかしてつかまえるよ」

「たのむよ、ほんとに」

世話役は、せいたかさんの耳もとでいった。

「安心してくれ。時間はすこしかかるかもしれんが、かならず助ける」

背《せ》の高いせいたかさんは、たのもしい返事をした。はじめてコロボックルの味方になったころは、まだ少年のようだったせいたかさんも――そのころは〝せいたか童子《どうじ》〟なんていっていたものだが――いまではしらががちらほら見えている、りっぱな電気技師《でんきぎし》だ。この町にある会社では、副主任技師《ふくしゅにんぎし》をつとめていた。

「さっきもいったように、あのミナト電器商会《でんきしょうかい》のおやじさんなら、ぼくもよく知っているんだからね。電気屋なかまというわけだ。もっともあの店は電気工事はしないが」

せいたかさんは、いずみのふちにこしをおろして話しつづけた。

「ただ、むすこのおチャ公は、ぼくも知らない。エク坊《ぼう》（おチャ公が〝先輩《せんぱい》〟とよんでいる中学生）の友だちらしいがね。その子が、自分のたいせつにしている宝物《たからもの》を、ぼくにだまってわたすかどうか――」

「こまるなあ、せいたかさんまでそんなことをいっちゃ」

「だいじょうぶだよ、方法《ほうほう》はある。とにかく、ぼくがその子に会ってからの話だ」

「それにしても――場合によっては――あの少年に、わしらのことを、いくらか知られたとしても、やむをえないかもしれない」

世話役は考えながらいった。

「その覚悟《かくご》は、もうしている。だから、とにかく、あのクルミノヒコを、ぶじに助けてほしいんだ」

ツバキノヒコもいった。せいたかさんはうなずいた。そして、明るく答えた。

「あんまり、くよくよしないほうがいい。ぼくがついているじゃないか。ぼくのすることを見ていてくれないか」

「うむ」

世話役は、口をへの字にまげてうなずいた。

「どっちみち、せいたかさんがたよりだ。思うようにやってくれ」

「ありがとう。そういってくれると、ぼくもやりやすい」

せいたかさんはにっこりわらった。白い歯が星あかりにちかっと光った。

「きみたちもつかれているんだろ、もうおやすみ」

「そうしよう。では、おやすみ」

肩《かた》の上の小さな黒いかげが二つ、思いきりよくさっと消えた。

一つはのこった。連絡係《れんらくがかり》の風の子編集長《へんしゅうちょう》だった。

「ねえ、どんなふうに話をつけるつもりですか」

「さて、そいつを、これからゆっくり考えるのさ」

せいたかさんの声も、小さな家の中に消えていった。

せいたかさんがミツバチ坊《ぼう》やを助けるには、夜のうちにおチャ公の物置小屋《ものおきごや》へしのびこんで、かんごとぬすみだしてしまうのがいちばん早いわけだ。

しかし、それだけはできない。いくら、コロボックルの味方でも、どろぼうのまねはできない。

よく考えてみると、まったくむずかしい仕事だった。だから、せいたかさんは、夜おそくまで、ママ先生と相談した。ママ先生にも、これといってすばらしい考えはなかった。

「こまったわね」

「こまったな」

そうやって、ふたりがひそひそ声でしゃべっているのをきいていたものがいた。おチャメさんだった。おチャメさんは、ふとんの中でふと目をさましたのだ。

10

おチャメさんは、ふしぎな女の子だ。小学校の二年生にしては、まだまだあどけないところがあり、なんとなくおさないように思える。ところが、さすがはママ先生とせいたかさんのひとりむすめだった。よその女の子とは、ちょっとばかりちがっているのだ。

コロボックルのことはよく知っているくせに、だれにも、ひとことも話したことがなかった。おとうさんにも、おかあさんにも話さなかった。

ふっくらしたやさしい顔だちをした、おとなしい子だ。大きな目はおかあさんゆずりだが、その目がいつも楽しいことを考えているように、きらきらかがやいている。おチャメさんは、そんなふうな女の子なのだ。〝コロボックル〟ということばは、おチャメさんの家でよくきくことばだった。ものごころがついてくるにつれて、おチャメさんは、そのことばの意味を、いつのまにかひとりでにつかんでしまった。

(きっと、あたしのまわりで、ときどきシュルシュルって動いている、小さなかげのことなのね)

はじめはそう考えただけだったが、やがて、それが小さい人たちのことらしい、ということまで、気がついてきた。というのは、いつだったか、もうずいぶん前に、たった一度だけおかあさんにたずねたことがあったからだ。

「コロボックルって、なあに、ママ」

そのときのママ先生もたいしたものだった。ちっともあわてたりしないで、あっさりとほんとうのことを答えた。

「小さい人たちのことよ」

そして、おチャメさんも、それをほんとうのこととしてうけとった。それっきり、もうだれにもなにもきいたことはない。そんなおチャメさんだから、きょうの午後、はじめて自分の耳もとにするどいささやき声がしたときも、ぴくっと首をすくめただけだった。

ああ、きっとコロボックルだな、と、おチャメさんは思った。そして、とてもうれしかった。

――この男の子のうちはどこだか、きいて！

ささやき声は、たしかそんなことをいった。サクラノヒメ＝オハナが思いきってやった仕事だ。おチャメさんはたのまれたとおりにしてやった。そのおチャメさんが、おかあさんたちのひそひそ話をきいてしまったのだ。夢《ゆめ》うつつの中ではあったが。

（コロボックルのだれかが、人間の男の子につかまって助けだせないのね――。男の子ですって？　あら、きっとあの子だわ）

おチャメさんは、すぐにまた、うとうととねむりにはいりながら、そんなことを考えていた。

（きっとあの男の子だわ……だから……あたしに、あの子のうちはどこだかきいてくれなんて……みんなでさがしてたのね……バス道路をいって……それからどこだっていったっけ……どこだっけ……どこだっけ……わすれんぼだなあ……わすれんぼ……わすれんぼ……）

そして、すうっとねむってしまった。

＊

クルミノヒコ＝ミツバチ坊《ぼう》やも、そのころはねむっていた。サクラノヒメ＝オハナも、うとうとしていた。サザンカ兄弟も小山の地下にある自分の家で、大いばりで（？）ねむっていた。

世話役と相談役たちも、コロボックルの城《しろ》にあるつくえのひきだしの中の、役所のかたいいすで、横になっていた。きのうから、ほとんどねていなかったから。

マメイヌ隊長《たいちょう》のスギノヒコ＝フエフキは、おチャ公の物置小屋《ものおきごや》のたなの上で、横になっていた。このコロボックルも、きのうは、ほとんどねていない。そのそばには隊員《たいいん》たちもねていた。

見張《みは》りのコロボックルだけが、ここでも、それから小山でも、目を光らせていた。

目をさまして働《はたら》いているコロボックルは、まだほかにもいた。「コロボックル通信《つうしん》」の編集室《へんしゅうしつ》――せいたかさんの家のまどの下にある郵便受《ゆうびんう》け――では、あしたの朝くばる新聞記事をまとめていた。

かえるの鳴き声がきこえて、あたたかい春の夜だった。

第五章　夕焼《ゆうや》け雲《ぐも》

1

この物語も三日めの朝をむかえた。その日、町にはしっとりと春の雨がふっていた。

おチャ公は、ねまきのまま、物置研究室《ものおきけんきゅうしつ》へやってきて、作業台の上のかんをあけた。

オハナは、もちろんそのときにげた。おチャ公も、目の前をさっと走った小さいかげに気がついて、きょろきょろした。あわててかんの中からえんぴつけずり器《き》をとりだし、目のところまでささげてのぞいた。そして、ほっと、安心したように息をついた。

星からきたらしい小さな人は、けさもちゃんとそこにいた。あまがえるにもばけていなかった。えんぴつけずり器《き》の底《そこ》に綿《わた》くずがくっついていた。おチャ公は、ぽいとはらいおとした。そして、ミツバチ坊《ぼう》やに向かってしゃべった。

「きみ、きょうはもっと広い部屋をつくってやるからな。もうちっとしんぼうしてくれよ。それから、きみが、いったいどんな星からやってきたのか、どうして地球に落ちてきたのか、くわしく話してくれないか」

ミツバチ坊《ぼう》やは、なにも答えなかった。おチャ公は、ひとりでうなずいた。

「いいよ。日本語がちゃんと話せるのに、だまっていたいなら、だまっていてもいいよ。ぼくは、なんだか、きみのこと、すきになった」

そういって、また、えんぴつけずり器《き》をかんの中にいれた。そっとふたをすると、すぐ、物置《ものおき》からでていった。

「やれやれ」

たなの上で、赤い目をしたコロボックルたちが、がっかりしていた。朝になったら、もうずっと、かんからだしておくかもしれないと思っていたのだ。そうすれば、時間はたっぷりあるし、自分たちだけでも助けだせただろう。

そのとき、小山からコロボックル式ヘリコプターがとんできて、物置《ものおき》のすぐ前の、やつでのかげにおりた。のってきたのは世話役だった。ようすを見にきたのだろう。

しばらくして、またヘリコプターは、糸のような春の雨の中を、小山へ向かってとびかえっていった。こんどは、ふたりのっていた。

ヘリコプターのうしろの台の上にオハナがこしかけていた。バンドでしばりつけられていて、まるで荷物のようだった。

オハナは、さすがにぐったりつかれていた。世話役がそれを見て、ヘリコプターでつれて帰ることにしたのだ。

＊

またひとりだけかんの中にとじこめられたミツバチ坊《ぼう》やは、しばらくうとうとした。すると、頭の上で、かんをたたく音がして、スギノヒコ＝フエフキ隊長《たいちょう》のせいいっぱいどなる声がした。

「おうい、きいてるかあ。ラジオのスイッチをいれておけ。せいたかさんが、もういちど、ためしに連絡《れんらく》をしてくるそうだぞ！」

「はあい」

ミツバチ坊《ぼう》やは、あわてて返事をした。声がポワンとひびく。上ではきっとききとれないだろう。

きのうとりつけたコロボックル式ラジオは、上着の下につけてあった。アンテナをつなぐだけでよい。でも、夜でさえよくきこえなかったのに、だいじょうぶだろうか。

そう考えながら、スイッチをいれると、しばらくして、いきなりせいたかさんの声がきこえた。

――こちら、せいたか。きこえますか。元気をだせ。もうすこしのしんぼうだ。いつまでも、そんな中にいるわけじゃないからな。元気をだせ。送信《そうしん》おわり。くりかえします。こちら――。

ミツバチ坊《ぼう》やは、スイッチをきった。スギノヒコが、またかんをたたいてどなった。

「きこえるかあ。せいたかさんは、人間がそばにいるときには、かならずスイッチをいれておけとさ。そうすれば、おれたちが近よれなくても、ラジオで連絡《れんらく》できるわけだ。いいな」

ミツバチ坊《ぼう》やはうなずいた。きっと、せいたかさんは、この家の近くまでやってきて、電波をだしたにちがいなかった。

「アンテナが見つからないように、うまくやれ」

スギノヒコはそういって、かんの下にとびおりたようだった。ミツバチ坊《ぼう》やは、安心して大きく手足をのばし、ううんとのびをした。それから立ちあがってみた。やっぱり右の足首がいたくて、歩くのはつらかった。これでは、人間の目をかすめて走るのはとてもむりだった。

どうやら外のコロボックルたちも、おチャ公の帰ってくる午後まで、待っているようだった。

ミツバチ坊《ぼう》やも、ゆっくり待つことにきめた。それには、ねむってしまうのがいちばんいい——。

「まったく、ねてばかりいるんだからな」

ひとりでおかしくなって、くすくすわらった。たしかに、ねむっているあいだは心配ごともわすれる——それどころか、ねて起きてみたら、前のことまで、すっかりわすれてしまうことだってある。たとえば、おチャメさんの場合がそうだった。

2

おチャメさんは目をさましたとき、きのう夢《ゆめ》うつつにきいた話なんか、すっかりわすれていた。わすれんぼ、わすれんぼ、と、自分のことをいっていたが、ほんとにわすれんぼだ。

ランドセルを背《せ》おって、黄色い帽子《ぼうし》をかぶって、黄色いレーンコートを着て、黄色いかさをさして、黄色のかたまりみたいになって学校へいった。

学校へついてからも、きのうのことを思いだすひまがなかった。雨ふりの学校って、おチャメさんは大すきだった。休み時間に教室で遊ぶのがいい。いつもさわぎすぎて、先生にしかられるけれど。

でも、雨は春の糸雨《いとさめ》で運動場もたいしてぬれなかった。やがて、その雨もやんで、昼休みには、みんな運動場に追いだされてしまった。おチャメさんは、雨ぐつをポクポク鳴らしながら、広い運動場をひとりで歩いていた。

大声でどなっている六年生の男の子がいた。

「やあい、ここまでなげてみろ！」

おチャ公だった。おチャ公は、ゴムのボールをなげあっていた。そのおチャ公の顔を見て、おチャメさんは目をぱちくりさせた。

（あら、あの人――）

そう思ったら、きのうの夜きいた話も、いっぺんに思いだした。コロボックルのだれかが、この子につかまって、にげられなくてこまっているって――だれかがそういっていたような気がした。

（でも、夢《ゆめ》だったのかしらん。ほんとうだったのかしらん）

おチャメさんには、よくわからなかった。両手をうしろにまわし、ちょっと首をかしげたまま、おチャ公をながめた。おチャ公は、右へいったり左へいったり、いそがしそうにボールを追いかけている。ひざこぞうがどろだらけだ。

ころころっと、おチャ公の手の下をくぐって、ボールがころがった。おチャメさんの足もとまでやってきた。

（ひろってやろうかな。どうしようかな）

そう考えていると――すぐひろわないところがおチャメさんらしい――、おチャ公がかけてきて、さっとボールをつかんだ。そして、目の前の女の子の顔を見てびっくりしたようにいった。

「やあ、きのう、道で、ぼくのうちのこときいた子だろ」

おチャメさんは、こっくりと首を動かした。

「なんであんなこと、きいたんだい」

「あのね」

にこっとしたおチャメさんは、いきなりいった。

「あんた、なにかつかまえて、うちにかくしているでしょ」

おチャ公は、ぽかんと口をあけたまま、まじまじとおチャメさんの目を見た。大きくて、すんだ目だった。いったい、この子はなにをいってるんだ。

「ねえ、かくしてるでしょ」

「う、う」

おチャ公は、ひからびたような声をだした。

「なんで、そんなこときくんだ！」

「やっぱり、ほんとうなの」

おチャメさんは、うれしそうににこにこした。

「にがしてやってちょうだいよ。とてもこまってるんだって」

「だ、だれが」

しかし、おチャメさんは、もうなにもいわなかった。ただにこにこしているだけだった。コロボックルのことは、ひとことも人にしゃべってはいけないと、心の底《そこ》から思っているのだ。

この子は、もうりっぱにコロボックルの味方だった。いきなり、くるんとうしろを向くと、とことこと走ってはなれていった。

「おうい、どうしたんだあ」

おチャ公のボール投げのあいてが、じれったがってよんだ。おチャ公はうす気味わるそうに、おチャメさんのうしろ姿《すがた》を見おくっていた。

（にがしてやれだって？　なぜだい、なぜにがしてやらなきゃいけないんだ！）

そんなばかな話があるか、と、りきんでみたが、やっぱりおちつかなかった。

（あの子は、いったい何者なんだろう。ちぇっ、へんな子だぜ）

おチャ公は、ボール投げをやめて、考えこんでしまった。

3

その日のおチャ公は、楽しい計画をいっぱいもっていたのだ。小さな人のために、広くて住みいい入れ物をつくってやることだった。きのうの夜、寝床《ねどこ》の中でいろいろと考えたのだが、あの小さな人はいかにもすばしこそうだし、いいかげんなものをつくったら、すぐにげられそうだった。

そこでがんじょうな木箱をつくり、手前の一方だけをガラスにしておく。うしろと左右のかべには、まどをあけ、こまかくてじょうぶな金あみをはる。天井《てんじょう》は木のままでいいだろう。上にものをのせてもいいように。

床《ゆか》には、あさくて四角い植木ばちを、ぴっちりおさめる。だから、順序《じゅんじょ》としては、まず、その植木ばちを買って、それにあわせて木箱をつくることになるだろう。植木ばちには草を植えてやる。びんをうめこんで、池もつくってやる。この池には、いつもきれいな水がでるように、水道をひく。そのわきに、紙でテントをつくってやろう。そのほかのこまかい道具は、材料《ざいりょう》さえやれば、きっとあの小さなやつが、自分でつくるだろう。えんぴつけずり器《き》から、その新しいすみかにうつすとき、にげられないようにする方法《ほうほう》まで考えて、おチャ公は朝からはりきっていた。

それが、きゅうにしぼんでいった。なぜだかわからなかった。とにかくへんな女の子から、いきなり、「にがしてやってちょうだいよ」なんていわれて、自分が、とんでもないわるいことを考えているような気がしてきたのだ。

にげたがっているものをとじこめておくのは、たしかにいけないことにちがいない。

（虫や魚なら、なんでもないいんだがな）

おチャ公はそう思った。でも、あいつは虫でも魚でもない。もちろんあまがえるなんかじゃない。それは、おチャ公がいちばんよく知っているのだ。

ふしぎなことだが、あの女の子も、きっとよく知っているのだ。もしかしたら、同じような小さな人をつかまえたことがあるかもしれなかった。

（おれは、つかまえておいて、なかよしになりたいだけなんだ。なかよしになって、いろいろなことを教えてもらいたいんだ。べつに、金もうけのたねにしようなんて――）

そこまで考えたとき、おチャ公は自分で自分にびっくりした。

（あれ？　ついきのうまでは、金もうけのたねにすることばっかり考えていたんだっけ。いつのまに、おれはそれをやめちまったのかな）

それはたぶん、あいつがかえるにばけたときからだ。他人にはねうちのわからないものが、どうして金もうけのたねになるか。

（だから、金のためじゃない！）

おチャ公は天を見た。青い空が、ちょっぴりあった。もう、お金なんかどうでもいいのだ。お金は、新聞配達《しんぶんはいたつ》をやってかせげばいいじゃないか。あれはたいしてつらい仕事じゃないよ。

金もうけのたねにはしないが、あっさりにがすわけにはいかない。きっと、もう二度と帰ってこないだろうから。そうかといって、なかよしになりたいのに、とじこめておくというのも、たしかにおかしな話だった。

（いったい、どうすりゃいいんだ）

おチャ公はさんざんまよった。そして、ようやくうまいことを考えついた。

（そうだ。あの女の子に、おれの小さな人を見せてみよう。もし、そのときも、あいつがあまえるにばけないでいたら、しめたもんだ。あの女の子は、なんかひみつを知っているにちがいないからな。そうすれば、おれは、なんとかしてそのひみつをききだしてから、小さな人をにがしてやろう――）

そう思ったら、おチャ公はやっと気がらくになった。そこで大いそぎでおチャメさんをさがした。

4

おチャメさんは、植えこみの花だんの前にしゃがみこんで、しばざくらの花をながめていた。

「やあ、いたいた。おい、おい」

おチャ公は、いそいでおチャメさんの肩《かた》をたたいた。

「ほら、おれだよ。ちょっと話があるんだけど——おまえの名まえ、なんていうんだい」

おチャメさんはだまっていた。

「うん、そうか。よし、ぼくのことはおチャ公ってよんでくれ。おれのあだ名だ。みんなそういうんだ。おまえは？」

「あのね」

おチャメさんは、大きなこぼれるような目で、おチャ公を見た。

「あたしはね、うちじゃ、ええと、みんながおチャメっていってる。おチャメさんていうときもある」

おチャ公のききかたがいけなかった。自分のあだ名をいっておいて、「おまえは？」ときいたから、おチャメさんは、あだ名をきかれたと思った。それで、いっしょうけんめい、本名でない

よび名を考えて答えた。

　おチャ公は、おかしくなって、にやにやした。

「そうじゃないんだ、おまえの――ふふふ。まあ、いいや、おチャメでいいよ。そういえば、おれの〝おチャ公〟とよく似《に》ているな」

　そして、おチャメさんの顔をのぞきこんでいった。

「きょう、あとでおれのうちへこないか。おまえに見せたいものがあるんだ」

「だめ」

　おチャメさんは、ぴしゃりといった。

「きのう、学校の帰りにお友だちのうちへよったら、ママにしかられちゃった。だから、だめ」

「ちぇっ」

　おチャ公は思いきって、おどかすことにした。小声で、おチャメさんの耳もとにささやいた。

「そんなことというと、ずっとにがしてやらないぞ。死ぬまでとじこめておくぞ」

　すると、おチャメさんは、下からじいっとおチャ公の目を見た。おチャ公はどぎまぎした。

「だ、だからさ、見にくればいいんだ」

「それじゃ、うちへもってきてよ」

　おチャ公は情《なさ》けなくなった。おチャ公ともあろうものが、こんなちびの女の子にひきずりまわされっぱなしなんて、だらしがないったらありゃしない。

そうはいっても、いまのところはどうしようもないのだ。

「よし、もっていってやるよ。そのかわり、たのみがあるんだ」

「どんなこと」

「あのな――ええと、そのときに話すよ」

おチャメさんは、まただまった。大きな目がこういっていた。

――なにをたのむつもりか知らないけれど、あたしがひきうけるかどうか、わかりませんよ――。

おチャ公は、心の中で深いため息をついた。

「わかったよ。とにかくもっていく。おまえのうちはどこだ」

「町はずれのね、峠山《とうげやま》のね、すぐ近く」

「それじゃ、先輩《せんぱい》のうちへいくとちゅうだな」

おチャ公はうなずいた。えくぼのできる中学生の家は、その峠山《とうげやま》をこえて、またすこしおくにいったところだ。

「切り通しの手前かい。それとも、こえたところかい」

「向こうへおりたとこ。あたし、あの峠道《とうげみち》をおりたところの橋の上で待っていてあげる。コンクリートの小さい橋よ」

「知ってる。よし、きめた。夕がたの四時半ごろになるかもしれないぞ。わかるかい、四時半って。時計の見かた、知ってるだろうな」

「いま、習ってるの」

（ちぇっ）

おチャ公はがっくりした。

（しっかりたのむよ、おチャメさん）

そのとき、昼休みのおわりのベルが鳴った。

「わすれないでくれよ、四時半から五時ごろのあいだにいく」

「うん、四時半から五時ごろね」

おチャメさんは、こっくりとうなずいた。

5

学校から帰る道でも、おチャ公はまだぼんやりと考えごとをしていた。おチャメさんがうまく小さな宇宙人《うちゅうじん》のひみつを教えてくれるかどうか、どうも心配でたまらなかった。

家のすぐ近くの道に、空色にぬった小型《こがた》トラックがとまっていた。横腹《よこはら》にこの町の電気工事会社の名まえが書いてあった。

おチャ公が近づいていくと、中からヘルメットをかぶった、背《せ》の高い男の人がおりてきた。新しい作業服を着て、ぴかぴかにみがいた革《かわ》の半長ぐつをはいている。手にも、まっ白な手ぶくろをしていた。作業服は着ていたが、きちんとネクタイをつけているし、ヘルメットにも二本のすじがはいっていたから、きっとえらい人なのだろう。その人は、おチャ公にせなかを向けて銀色にかがやく、長い棒《ぼう》のついた箱を耳の横にあて、大きな声をあげた。

「こちら調査班《ちょうさはん》、用意よし、どうぞ」

箱から、ガリガリという雑音《ざつおん》がしている。おチャ公は、思わず足をとめて見とれた。

(トランシーバーだ。いいなあ。おれもあんなやつがほしいな)

すると、いきなり、その男の人がおチャ公に向かっていった。

「坊《ぼう》や、ここは何丁目だったかな」

「……あ、三丁目です」

おチャ公はあわてて答えた。男の人は目でわらって、うなずきながら、また、トランシーバーに向かっていった。

「いま、三丁目だ、配線調査《はいせんちょうさ》おわりしだい、もどる。おわり」

そういって、シューッとアンテナをひっこめ、おチャ公に、にこにこと話しかけた。

「ありがとう、坊《ぼう》や。これ、トランシーバーっていうんだよ」

「知ってる。日本語でいうと、携帯用短波無線機《けいたいようたんぱむせんき》。使用電波は二十七メガサイクルあたり、使用《しよう》可能距離《かのうきょり》はおよそ一キロメートルほど」

「へええ」

男の人は、びっくりしたような声をあげた。

「すごいじゃないか。まるで専門家《せんもんか》だね」

ほめられて、それまで元気のなかったおチャ公も、ちょっとうれしくなった。

「おれ、そういうのほしいんだけど、まだ買えないんだ。そのうち自分でつくってみたいと思ってるんだよ。でも、電気工事をするのに、そんなもの使うのかい」

「ああ、電線をはったりするときにね。遠くの人と話ができて、便利《べんり》なものだ。むかしは、旗《はた》をふって合図したもんだが」

男の人は――もうわかっただろうが、この人はせいたかさんだ。せいたかさんは、ここで、おチャ公を待っていたのだ。

「しかし、きみはたいしたもんだね。まだ小学生なんだろ」

「うん。おれんとこ、ほら、すぐそこの電気屋なんだ。だから、ね」

「ほう。そうすると、きみがやっぱり、おチャ公——いや、おチャちゃんだな」
「おチャ公でいいんだ」
答えながら、おチャ公はけげんそうな顔をした。
「ぼくのこと、知ってるのかい」
「いや、きみのおとうさんをよく知ってるのさ。いまも、仕事がおわったら、ちょっとよってい
こうかなって考えていたところだ」
「ふうん。それじゃ、いっしょにきて、そのトランシーバーをよく見せてくれないかな。うちの
店のは、さわらせてもくれないんだ」
おチャ公は、うらやましそうに、せいたかさんの手にある銀色の細長い箱を見ていた。
「いいとも。ほら、ここでゆっくり見ていいよ」
そういって、おチャ公にさしだした。おチャ公は、大いそぎで、手をパタパタとはたいてか
ら、そっと受けとった。
せいたかさんは、そんなおチャ公を、自動車によりかかって、にこにこしながらながめてい
た。とにかく、こうやっておチャ公と友だちになっておいてから、ミツバチ坊《ぼう》やを助けだす方法《ほうほう》
を考えていくつもりだった。まさか、自分の子どものおチャメさんが、このおチャ公にたいし
て、思いがけない働《はたら》きをしているとは、考えてもいなかった。もっとも、本人のおチャメさん

だって、自分がそんな働《はたら》きをしていることに気がついたかどうかは、わからない。

6

おチャ公は、夕刊《ゆうかん》の配達《はいたつ》にでるとき、ミツバチ坊《ぼう》やをかんにいれたまま、もってでた。見張《みは》りのコロボックルたちは色めきたった。

「しまった、失敗《しっぱい》した！」

マメイヌ隊長《たいちょう》のスギノヒコ＝フエフキは、くやしそうにくちびるをかんだ。

「うっかりした。まさか、もってでるとは思わなかった。おチャ公にも見張《みは》りをひとりつけるんだった。あいつがここにいないあいだ、どんなことをしてきたか、さっぱりわからん。こいつは大失敗《だいしっぱい》だ」

しかし、とにかく、てきぱきと命令《めいれい》した。

「三人だけ、おれといっしょにこい。どこにいくのか、たしかめなくちゃいけない。それから、ひとりは小山へもどって報告《ほうこく》しろ。もうひとりは、せいたかさんをつかまえて、知らせてこい。ついでに、せいたかさんのラジオで、かんの中のミツバチ坊《ぼう》やにも知らせてもらえ」

そして、おチャ公のあとを追った。おチャ公は、自転車の前の小さな荷台に、しっかりとかんを結《むす》びつけた。スギノヒコたちは、おチャ公の自転車にとびついていった。

＊

かんの中で、ミツバチ坊《ぼう》やもおどろいていた。どこかへはこばれているようだったが、外が見えないからてんでわからない。しばらくすると、ガタガタとゆれはじめ、自動車の音がしてきた。

（ははあ、バス道路を走っているんだな。おチャ公が自転車にぼくをのせて、どこかへいくんだな）

やっとそのくらいはわかったが、あとはわからなかった。すると、いきなり、コロボックル式ラジオが声をだした。

――こちら、せいたか。連絡《れんらく》します。おチャ公はきみをつれて新聞配達《しんぶんはいたつ》にでた。目的《もくてき》はまだわからないが、おそらく危険《きけん》はないだろう。安心せよ。まんいち、人に見せようとしたら、あまがえるの服をわすれないように。連絡《れんらく》おわり。くりかえします。こちら、せいたか――。

（そうか。まあ、だいじょうぶだろう。しかし、あまがえるにばけるしたくだけはしておくかな）

ミツバチ坊《ぼう》やは、のんきにそんなことを考えた。もう、めずらしいことにはなれてしまって、すっかり度胸《どきょう》がよくなった。

せいたかさんは、もしもの場合――たとえば、かんごと海へすてるとか、他人に売りわたすとか――があったら、例《れい》の空色の自動車ですぐさまかけつけてくれるはずだった。

しかし、おチャ公はなにごともなく、いつもの調子でさっさと新聞をくばりおわると、自転車を峠山《とうげやま》に向けた。ここの峠道《とうげみち》は、町がわが石段《いしだん》になっている。それを、おチャ公は、むりやりおしてのぼってしまった。あせびっしょりになっていた。

切り通しにでると、さっとすずしい風がふく。ほっとしたように、シャツの中まで風をいれて、おチャ公は自転車にとびのった。くだりは坂道だから、自転車も走れる。

ビューッと走りおりていくと、ミツバチ坊《ぼう》やのはいっているかんの中で、えんぴつけずり器《き》がガタンガタンゆれた。

（うへえ）

ミツバチ坊《ぼう》やは、右足首をいためないように用心しながら、ぽんぽんとはずんだ。こしから下には、もうあまがえるの服をつけていたが、すきまからえんぴつのけずりくずがいっぱいはいってしまった。

（やれやれ、これじゃあ、ちくちくしてとても着てられないや）

そう思ったとき、ギューッと自転車がとまって、おチャ公の声がかすかにきこえた。

「やあ、いたね。ありがとう」

返事の声もきこえた。こっちはすぐ近くだった。

「あたし、ちゃんと待っていたでしょ」

その声をきいて、ミツバチ坊《ぼう》やは、おやっと思った。どこかできいた声だった。すると、またラジオが鳴った。

――こちら、せいたか。連絡《れんらく》します。ミツバチくん、おかしなことになったよ。きみは、きみたちは、小山のほうへ向かっている。峠山《とうげやま》をこえていったらしい――。

「そうか」

かんの中の、そのまたえんぴつけずり器《き》の中の、ミツバチ坊《ぼう》やは、そのとき思いあたった。あの声はおチャメさんだ。

＊

（おチャメさんだ！）

外にいたスギノヒコたちも、びっくりして目をまんまるくした。

いったい、どういうことなんだろう。

7

さて、ようやく、この物語もおしまいに近づいたようだ。

ふたりの人間の子どもを、たくさんのコロボックルの目が見つめていた。小山からかけつけたのだ。

ママ先生と、せいたかさんには、わざと知らせをおくらせた。このふたりにも、もちろん、いざというときには知らせるつもりだったが、コロボックルたちは、まず、おチャメさんを信《しん》じた。

おチャ公はだまってかんのふたをとり、えんぴつけずり器《き》をとりだして見せた。ミツバチ坊《ぼう》やは、もちろん、あまがえるの服なんか着ていなかった。

コロボックルの姿《すがた》を見たのは、おチャメさんもこのときが生まれてはじめてだった。だが、すこしもあわてず、おどろかず、ため息をついただけだった。せいたかさんがはじめてコロボックルの姿《すがた》を見たときよりも、ママ先生のときによく似《に》ていた。やっぱり女の子だけあって、母親に似《に》ているらしい。

おチャ公のほうは、そんなおチャメさんをふしぎそうにながめていたが、やがて、思いきったようにいった。

「それで、たのみというのはね、おれはおまえのいうとおり、この小さな人をにがしてやるつもりだ。だけどそのまえに、この小さな人がどこからきたのか、どんな人なのか、教えてくれないか」

おチャメさんは、大きな目でおチャ公を見かえした。つまりおチャ公は、きびしく、はげしく、ことわられたのだ。

もう、やぶれかぶれで、おチャ公はいった。

「では、こうしてくれ。おれがにがしてやっても、一日に一度でいいから——」

そこで、おチャ公は息をついた。

「いや、一年に一度でもいいんだ。なにしろ、おれのところへ遊びにきてもらいたいんだ。おまえから、そうたのんでくれないか。そのくらいはいいだろ。ぼくは、こいつがすきなんだ」
「うん。でも、それは――」
おチャメさんはためらった。それは、たのんでもきっとむだなのだ。コロボックルが、その気にならなければ、とてもだめなような気がした。

そのとき、おチャメさんの耳もとにささやき声がした。

「ひきうけなさい――」

コロボックルの世話役、ヒイラギノヒコの声だった。もちろん、おチャメさんは、世話役だかなんだかわからなかったが、力のこもった声だったのはわかった。それで、すぐうなずいて、えんぴつけずり器《き》の中のミツバチ坊《ぼう》やにいった、えんぴつをさしはさむあなに向かって。

「あのね、このおチャ公のところへ、ときどき遊びにいってやってね」

ミツバチ坊《ぼう》やは、まよった。そんな約束《やくそく》を、かってにしてしまっていいかどうか、わからないのだ。しかし、ほんとうをいえば、ミツバチ坊《ぼう》やのほうだって、おチャ公少年のことを、もう一生わすれられないだろうと思っていた。

(この子のことなら、ぼくだってすきだ。もし友だちになれたら、おもしろいだろうな)

いままでどおり、ひとりぼっちの生き物としてあらわれるならば、世話役もゆるしてくれるかもしれなかった。

そう考えて、とうとう決心した。

「いいとも、約束《やくそく》するよ」

いつもの早口でなく、人間にもききとれるしゃべりかただった。

おチャメさんは、えんぴつけずりに耳をおしつけていたが、それをきいて、だまっておチャ公

にわたした。おチャ公も耳もとへもっていった。ちょうど、トランシーバーを使っているように。

「ぼくも、きみがすきさ。おチャ公、またいくよ」

小さな宇宙人《うちゅうじん》――いや、きっと宇宙人《うちゅうじん》なんかでなく、これは、日本にいるふしぎな宝物《たからもの》なんだと、おチャ公はそのとき思った――は、親しみをこめて、おチャ公にささやいた。

おチャ公は目をかがやかせて、バリバリと針金《はりがね》をはずし、ビニールテープをひきはがした。そして地面の上でそっとひきだしをあけてやった。

小さなふしぎな人は、さっと手をあげて、おチャ公にあいさつをした。そして、びっこをひきひき、道ばたのすみれの花の下にかくれていった。そこには、サクラノヒメ＝オハナの小さい姿《すがた》があるのを、ちゃんと見ていたからだった。

＊

夕焼《ゆうや》け雲《ぐも》が、まっかにそまっていた。

すらりと足ののびたおチャ公少年も、横にならんでいる、ふっくらかわいいおチャメさんも、夕焼《ゆうや》け雲《ぐも》の照《て》りかえしをいっぱいにあびていた。

昭和五十九年のあとがき

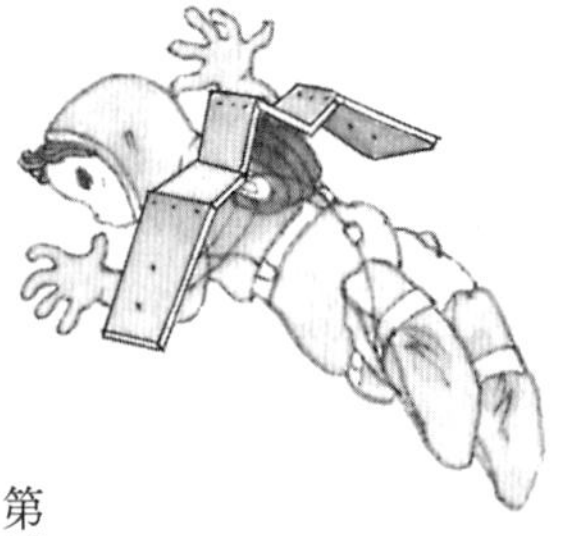

第三巻は、コロボックル物語の、一応の完結編のつもりで書いた。〝一応の〟という冠をかぶせたのは、これで完結となっても後悔しない、というような意味合いである。先を書き継いでいきたいのは山々だが、そのことにこだわって、仕事の幅をせばめたくなかった。

とにかく、これで終わりになるかもしれないと思い、それにふさわしい物語にしたいと工夫を凝らした。この作品では、コロボックルの象徴するものに、おぼろげながら気づいていたから、そのことをできるかぎり表にださないように心がけた。

こういうタイプの作品では、主題も暗喩《あんゆ》も作中深く埋めこむのがいいようである。そのほうが、作品を内からささえる見えない力になってくれる。そして、それ

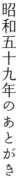

らを覆いかくすのは、豊かな物語性――つまりはおもしろさだろうと思う。しかし、考えたように手が動いてくれたかどうか、わたしにはよくわからなかった。

第一巻、第二巻とも、一人称のスタイルで書いてきたが、ここではじめて客観描写にした。三巻にいたって、ようやく作中世界の奥行きがのみこめたためだった。手さぐりで書くには一人称がよく、全体を展望しながら物語るときは客観描写が書きやすい。

この巻は、はじめから村上《むらかみ》勉《つとむ》氏に装丁・さし絵をお願いした。初版発行は昭和四十年九月十五日だが、当時の村上氏は、二十二、三歳の新進で、わたしはこの若い才能を知ったときから、いずれ自作のさし絵を頼みたいと、楽しみにしていた。そんなことから、第三巻が脱稿したとき、すぐに編集部と相談して依頼を決めていただいた。このときが、村上氏にとっても、イラストレーターとしてのはじめての仕事だったはずである。

やがて四年後に、一、二、三巻そろって改版したおり、同じ村上氏によって全面かきかえられ、現在の形になった。

ところで、一応の完結編、としたものの、やはり一応でしかなくて、そのあと四巻、五巻とつづき、ようよう完結した。今となってみると、この三巻でおしまいにならずによかったと、しみじみ思う。

昭和五十九年七月

佐藤さとる

新《しん》イラスト版《ばん》　コロボックル物語《ものがたり》③
星《ほし》からおちた小《ちい》さな人《ひと》

二〇一五年一一月一八日　第一刷発行

作……佐藤《さとう》さとる
絵……村上《むらかみ》　勉《つとむ》
発行者……清水保雅
発行所……株式会社講談社
〒一一二-八〇〇一　東京都文京区音羽二-一二-二一
出版　〇三-五三九五-三五三五
販売　〇三-五三九五-三六二五
業務　〇三-五三九五-三六一五
装幀……大岡喜直（next door design）
印刷所……豊国印刷株式会社
製本所……黒柳製本株式会社
本文データ制作……講談社デジタル製作部

定価はカバーに表示してあります。

落丁本・乱丁本は、購入書店名を明記のうえ、小社業務あてにお送りください。送料小社負担にておとりかえいたします。

なお、この本についてのお問い合わせは、児童図書第一出版あてにお願いいたします。

本書のコピー、スキャン、デジタル化等の無断複製は著作権法上での例外を除き禁じられています。本書を代行業者等の第三者に依頼してスキャンやデジタル化することは、たとえ個人や家庭内の利用でも著作権法違反です。

N.D.C.913　241p　20cm

Printed in Japan　ISBN978-4-06-133525-7

親から子へと読みつがれる日本発のファンタジー、不朽の名作

①だれも知らない小さな国

ぼくは小山で小さな人に出会った。成長したぼくは、終戦後小さな人に再会する。

②豆つぶほどの小さないぬ

コロボックルたちは、「マメイヌ」とよばれる伝説の小さな犬をさがそうとする。

③星からおちた小さな人

空とぶ機械の試験飛行をしていたコロボックルが、墜落し、人間の少年に出会う。

④ふしぎな目をした男の子

人間の目にとまるはずのないコロボックルのすばやい動きを、ある男の子は見ていた。

⑤小さな国のつづきの話

図書館につとめている人間と、その友だちになったコロボックルの娘の物語。

別巻　小さな人のむかしの話

せいたかさんがツムジのじいさまから聞いたコロボックルたちの昔の話やふしぎな話。

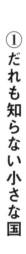

〈新イラスト版〉コロボックル物語シリーズ

画業50周年を迎えた村上勉が新たにすべての挿絵を描きあげた〈新イラスト版〉

①だれも知らない小さな国

②豆つぶほどの小さないぬ

佐藤さとる・作
村上 勉・絵

③星からおちた小さな人

コロボックルの魅力満載のガイドブック

コロボックルの世界へ

佐藤さとる・監修　村上 勉・絵
（2015年11月刊）

コロボックルの原作世界へ誘う宝物のようなガイド本。物語の背景やキャラクター紹介、作者インタビュー、描き下ろしカラーイラストも。

コロボックルの世界を絵で楽しむ、小さな人の小さな画集

コロボックルの小さな画集

村上 勉・絵・文（2015年12月刊）

ファン待望の画集。絵に添えられるのは、村上勉が語る佐藤さとるとの貴重なエピソードや絵に対する思いなど、コロボックルにまつわる秘話。